今朝昨日

The present days and the past ages

人民文学出版社

唐七 著

乌飞兔走,暮去朝来,时光的金轮自在向前,缓缓又驰了三万年。

近日,九重天上有两桩奇闻令热衷八卦的小仙们议论不休……

【壹】

八荒历九月二十七日。

暮秋。

子夜。

亥时正。

倒退了四万年的时光车轮在静止少时后，于这一刻重启。金轮辚辚向前，驶向了一条未知的、有别于从前的路。不过天地间并无人发现这个秘密，因回到从前的人们不会再保有被删抹的时空的记忆，除了光神祖媞。可光神已死去。

所以，于这四海八荒的神、魔、鬼、妖而言，这别具意义的时光重启的一日，不过就是个普通得不能再普通的暮秋日罢了。大家也没有意识到，他们手中正做着的事，其实在此前那个时空的四万年前已被他们做过一遍了。

连宋亦没有意识到。

时光之轮改移方向的那一刻，三万余岁，还是个少年的三殿下正屈膝坐在息心殿的景窗前翻一本佛法书。

景窗外新种了一棵俊秀的小栾树，是他前些日从南荒的涂山移栽而来。

天边传来雷声，今夜恐有雨。三殿下合上书，手轻抬，为小栾树加了个雨棚，而后关上窗，放好书，向寝殿深处的云床走去。他有些困了。

秋雨绵绵。三殿下在缠绵的雨声中睡去。

对于忘记了一切的他而言，今夜并无什么特别，很寻常。寻常得甚至有些无趣。

【贰】

光阴若水，匆匆流逝，斗转星移寒来暑往间，近万年过去。

这个万年里，天地格局并无更改，仿佛一切只是旧日重来。

变得面目全非、截然不同了从前的，只是些与这宇宙洪荒相比甚为渺小的东西，比如，一些人的命运。

照时间排序，这些人，当从追随祖媞的神使和花妖们说起。

祖媞逝去的刹那，沉睡在凡世的霜和、雪意与清醒待在南荒的殷临一起，被原初之光送回了姑媞。在进入观南室的瞬间，殷临同雪意、霜和一般，陷进了不知苏醒之期的沉眠，故而在接下来的万年里，并无人前往凡世指引以护持花主修行为使命的姚黄、梨响等花妖。花妖们未等来他们的花主临世，虽百般不解，却也无计可施，只能一边修行，一边继续寂寥地等待。

再是寂子叙。

祖媞既逝，自不可能再入凡转世，是故双亲离世后于昊天门中艰难求存的寂子叙并未遇到救他出苦海的红玉师叔。在同门欺辱中长大的寂子叙于百岁时偶得奇缘，解开了体内的妖力封印，而后苦修千年，终踏破虚空得道飞升。在飞升的那一刻，他恢复了关乎自身身世的记忆，是以未前往九重天听封，而是回到了丰沮玉门，接任了圣山守山人之职。重来一世的寂子叙不曾爱过什么人，凡世经历于他不过一段不重要的旅途风景，并未在他的人生里留下什么刻印。而从前与他纠缠颇深的温宓、温芙兄妹，也不再同他的人生有交集。他们一生都不曾遇到过他。温芙早亡，温宓则终老在了栖云秘境。

此外，长依的人生也发生了一些改变。

长依将殷临视作幼弟。殷临突然消失，令长依痛苦了很久。她找了他两千年，但一丝线索也未寻得，最后不得不含悲放弃。没了殷临照应，长依经常遇险，在南荒生活得很艰难。最危险的一次，是她为采灵药误闯了双翼虎的七幽洞，被发怒的猛虎重创。无殷临前来搭救，她虽凭着机智与运气逃出了七幽洞，但也受了重伤。这一次，需以神族的白泽为质，辅以三十六天无妄海边生长的西茸草，以老君的八卦炉炼丹，连服灵丹三百年的人，变成了她自己。

仍是在清罗君张罗的酒宴上，长依与连宋初见。与被删抹的时空里一模一样的场景重现在西风山断崖上的小院里。重重烛光里，长依微微抬头，看向缓步而来的青年，轻声唤出青年的尊号："三殿下。"连宋的目光淡淡扫过她，漫不经心地道出了她的身份："长依。"事情的发展同从前别无二致，唯一不同的是，这一次，因身负内伤之故，长依那张美丽的脸在深深浅浅的烛光映照下，显得很是病弱苍白。

而后，便是在天族平乱的北荒战场上，长依再次遇到连宋。擅制草药的她无意间救下了连宋麾下数名将士，连宋因此欠了她一份人情。这些事也同那个时空里一毫不差。但这一次，却非是长依主动向连宋求取成仙之道。为救殷临，她能厚着脸皮挟恩图报，要求连宋助她成仙，为救自己，她却做不到这样不知耻。当连宋问她想要他如何回报她时，她只向他求了七十年的白泽和西茸草。

还是把玩着军令牌的三殿下主动为她考虑到了："若你仍作为妖生活在南荒，便是给你这两样宝物，你也未必守得住。"三殿下将军令牌放进令筒中，微微一笑，"不如本君助你成仙。证得仙果，登上九天，不提白泽和西茸草俯拾即是，便是你同样也很需要的老君的八卦炉，也是唾手可得，如此岂不更好？"

她惊讶地看向青年："三殿下怎知我亦需八卦炉……"话到此处微微一顿，苦笑道，"是了，三殿下神机妙算，又岂会猜不到。"

连宋会助长依登仙，一则是为还恩于她，另一则，是他觉着令一株被整个南荒魔族们低视、根本不能开花的红莲成仙，还怪有趣的。三殿下仍是那个恣意妄为的三殿下。不过倒也多亏了他的恣意妄为，使得已然偏向、朝着默然陨灭而去的长依的命途回到了正轨。

不久后，长依成功登仙，做了这新神纪的花主。长依在位的七百多年里，所造功德泽被八荒四海，惠及六界苍生。她是万人称颂的花主。然就算时光重来一次，她仍只做了七百二十年的花主——七百二十年后，她重蹈覆辙，为助桑籍救少辛而殒身在了锁妖塔。仿佛这结局是她逃不开也躲不过的宿命。

在她临终时，连宋去到了她身边，送了她最后一程。在青年蹲身至她身前，皱眉道出"我不过离开几日，你就把自己搞得这样狼狈"时，她的眼角流下了似血的泪。她鼓起勇气握住了青年的手，说出了那句话："若有来生……三殿下……若有来生……"可即便时光复来，她仍未能将这句话完成。开遍二十七天的红莲瞬然凋零，她也永远闭上了眼睛。

连宋垂眸看了她好一会儿，低声叹了句："若有来生，你当如何呢，长依。"

　　二殿下是真的很好奇，若有来生，她是否还会继续对桑籍至死不渝。她刚刚死去，若散半身修为敛她一口气息，而后以结魄灯为她结魄造魂，是有可能救活她的。这虽有违九天仙律，一旦他这样做了，必将受到惩罚，但那惩罚他也不是承受不起。

　　他很快做出了决定。然当他抬手结印，打算收集长依的气息时，却忽有不祥之感袭来。结印的指蓦地麻痹，仿佛在告诫他，救活长依并非明智之举。过去万年里，他曾有过好几次类似经历。他也试过无视那些预感一意孤行，结果便是不仅想做之事难能做成，还迎来了加倍糟糕的结局。如今，他已无法忽视这不祥的预示，因此他顿住了结印的手。最终，他只是收殓了长依的仙身。

　　重来一次，在长依殒身锁妖塔时，三殿下做出了不一样的选择，于是从这一刻起，许多人的人生都被改变了。

　　连宋未救长依，自然，二十八年后，他也未再入凡。

　　那一年，熙朝的连贵妃生下了一位公主，小公主仍被起名为烟澜，可此烟澜已非彼烟澜。这位烟澜公主不再天生腿疾，也不再有绘出天上宫阙的能力，她只是一个健康的普通凡人公主。而静安王夫妇则终生无子。他们并未在同年诞下一个名叫成玉的小郡主，故而平安城里也未再建起一座蓄满花妖的十层高楼。

　　这一世，转世成为季明枫的昭曦不曾遇到成玉和连宋，因此他也不曾提前苏醒。在平稳走完季明枫的一生后，他再次入了轮回。而因连宋不曾下界，当大熙和北卫爆发战争时，出征的也不再是大将军了——天子成筠选择了御驾亲征。十八岁的烟澜公主为和亲远嫁乌傈素，大熙同乌傈素结盟，最终将北卫击退。

　　时光悠悠走过万年，无论是在四海八荒神仙世界，还是在八荒之外的十亿凡世，世事的发展皆无不合理之处，因此仍无人发现这是重来了一遍的时空。

　　那是在长依死后的第三十二年。

　　这一年，元极宫景窗外的那棵栾树已长得很是高大，并在入秋时开了它有生以来的第一树花。

三殿下坐在树下翻一本史书。

天君近日又有修史之意，晋文上神忙不过来，便将提修撰意见一事托给了学识不俗但总是很闲的三殿下。

拟写修撰意见前，得将现有史册拉通过一遍。三殿下这几日便是在干这事。

今日他正好翻到新旧神纪相交这段史，读到祖媞神献祭混沌、助人族在凡世定居一节时，见左侧配图中祖媞的背影小像很是雍容，心底忽生出一种违和感，竟莫名觉得那背影不该如此。

长指无意识抚压过画中小像，三殿下怔了一会儿，不能明白自己为何会生出这样的想法，好笑地摇了摇头，很快将那一页翻了过去。

乌飞兔走，暮去朝来，时光的金轮自在向前，缓缓又驰了三万年。

近日，九重天上有两桩奇闻令热衷八卦的小仙们议论不休。

其中一桩，是以见素抱朴、少私寡欲闻名九天的商珀神君竟家门不幸，养出了个强占良家女的孽子。说被商珀神君那孽子虞英仙君强占的女妖笛姬，乃是太晨宫的知鹤公主自南荒带上天的。知鹤公主甚喜笛姬吹笛，向来疼爱笛姬。得知虞英仙君强迫笛姬致其有孕后怕事情败露，竟对笛姬痛下杀手，暴脾气的知鹤公主气炸了，盛怒之下将虞英仙君连同教子无方的商珀神君一同告上了凌霄殿。笛姬的尸体横陈在凌霄殿前，旁边还摆着她遗下的指控虞英的血书，证据确凿，天君想给商珀神君面子也给不了。虞英仙君最终落得个被剥夺仙籍、罚入下界的下场；商珀神君也被责令闭门思过。

让小仙们津津乐道的另一桩奇闻远没虞英之案跌宕血腥，但它在九重天搅起的风浪却丝毫不逊于前者。可能主要是因这事涉及三皇子，而众所周知如今九重天三十六层天有十二层的仙都是三皇子的拥趸，另外二十四层的是东华帝君和太子夜华的。总之，这桩令大家无法平静的事简单来说是这样的——妖君为亲近天族，请求与天族联姻，天君接受了妖君的示好，将妖君敬献的小女儿若茹公主指给了三皇子做侧妃。而风流不羁仿佛不会为任何人停留的三殿下竟然也没反对，两月后的九月初八，这二人便将完婚。

元极宫将迎入正儿八经的侧妃的消息一经传出，九重天上的路况突然便艰难了起来，随便走个三五步就能踩到一颗破碎的芳心。

知鹤公主一心爱慕她义兄东华帝君，对连宋纳妃这事并不感兴趣，但她偶然听说了一个传闻，很是诧异，于是趁着妖族郡主莹千夏上天时将人拉到了一旁："我怎么听我义兄说，妖君最初是想让你来同咱们天族联姻的？为何最后又换成了你那堂妹呢？"

莹千夏摇了摇头："唉，太可怕了。"

知鹤莫名其妙："什么太可怕？"

莹千夏找了个凳子坐下来："君上舍不得若茹，的确打算送我来，但不知若茹从哪儿打听到天君有意令我入元极宫，哭哭啼啼地找君上闹，要代我来。我们才知道她竟然一直爱慕着三皇子。唉，可怕。"

知鹤还是不能理解这事可怕在何处，两人面面相觑。

莹千夏困惑地看向知鹤："莹若茹她对三皇子居然是真心的，因为真心，才想求嫁，这还不可怕？据我所知，入元极宫的那些神女，最后全身而退的都是不走心的，真心的都没好下场吧。"

知鹤沉默了少时："你这听着不像在说连三的好话。我记得你不是也有一幅他的细梁河受降图摹本吗，我还以为你也很欣赏他呢。"

莹千夏从袖子里掏出本册子，啪嗒一声打开。知鹤凑过去，一页页翻阅册子，只见这厚厚一本册子里不仅收录了三皇子细梁河受降图，还收录了太子夜华练剑图、帝君品茶图、黑冥主谢孤栘出冥司图……总之八荒有名的美男子基本都能在这本图册里找到。知鹤一时不知该说什么好。

莹千夏珍惜地收好图册："我平等地欣赏他们每一个人。自然，三殿下我也是欣赏的，但这不妨碍我觉得真心喜欢他不会有好下场。"

她揉了揉眉心："虽然大多数时候我都觉得莹若茹很烦，傻白甜一个，一天到晚净闯祸，但怀抱着真心和期许嫁给三殿下……"她叹了口气，"这也太惨了，我是真的觉得她罪不至此。"

知鹤看着莹千夏，深觉她竟是一个难得的清醒之人，眼神里充满了佩服。

二人说话之地不算很荒僻，就在一十三天西北角的一个小竹林中。帝君和三殿下正好路过。帝君的目光在莹千夏的背影上停留了一会儿，待走过那片竹林，回头戏谑向连宋："你那侧妃的堂姐对你的评价可不算太高。"

三殿下不以为意："她也不算说错了。"

帝君将三殿下领到近来他偏爱的一个小亭中，设下静音咒，又化了张茶席出来："说起来，粟及还和重霖打了赌。"帝君向东而坐，一面摆弄茶具煮茶，一面闲闲道，"粟及赌你绝不会接受这桩婚事，道你为仙恣意，最不耐被束缚。"帝君笑了笑，"看来他虽跟了你两万年，却还是不够了解你。你心内一片荒漠，娶不娶亲，你难道在乎？"

三殿下倚坐在对面选茶杯，他看中了两只黑釉盏，正在对比两只茶盏的釉色："自帝君从天地共主的位置上退下来还政于各族至今，已有十来万年。这十来万年里，魔族七君并立，各自为政，互相牵制。七君的实力都差不多，若无强人横空出世，魔族要想从一分为七的状态走向统一，基本不可能。莹流风应该也是看清了这一点，知魔族很难再现旧日辉煌，为整个妖族的前程计，才会在这个时候向天族求亲近。莹流风主动示好，父君没理由拒绝，令莹流风之女入元极宫，也算是给妖族一颗定心丸。父君许多事上纵容我，我自也当回报他。"

懒缓地说完这番话，三殿下将右手边的茶盏挑出来，放在乌金石茶盘上，没什么含义地笑了笑："如帝君所言，我心内一片荒漠，的确不在乎婚姻，将婚事送给父君他老人家做弄权的筹码，我无所谓。"

"弄权。你用词很精妙啊。"帝君提着沙铫淋壶，"你用词这么精妙你父君知道吗？"

三殿下耸了耸肩："他还是不要知道得好吧。"他背靠着亭柱，懒懒把玩着未被他选中的那只黑釉盏，"不过帝君特地召我来此处，总不至于单纯是为了关心我纳妃之事吧？"

帝君看了他一眼："我像是有那么闲？"说完这话帝君自己先愣了愣，回想了下自己这十多万年来的养老生活，他沉默了片刻，"哦，我好像是挺闲的。不过今日找你，也的确是有件要事。"

三殿下长这么大，就没见过帝君觉得这天地间有什么事是要紧的，闻言不禁来了点兴趣，收了漫不经心的坐姿，稍稍坐正了。

帝君将分好的茶递给他："关于'八荒中的神、魔、鬼、妖四族生灵入凡，若于凡世施术，将被所施之术反噬'及'八荒生灵，对人族心存恶意者，不得通过若木之门'这两条法咒，你了解多少？"

帝君沏的这壶茶是老白茶，茶汤澄透，荷香芳馥。三殿下接过茶盏，置于鼻端闻了闻香："我记得是三万年前，在凌霄殿的朝会上，有入凡的兰台司仙君呈报，说自某一日开始，入凡的神魔鬼妖在凡间施术便会遭到反噬，也不知是何缘故。天君闻听此奏，亦是一头雾水，后来是帝君你派重霖通知天君，说那是为你保护凡人立了条法咒。之后没过两天，又有司门司仙君呈报，说不知若木之门出了什么问题，忽然就有好些妖魔无法再通过若木之门去往凡世。天君令刑司协助司门司查探此事，发现那些妖魔竟有一共通之处，便是都曾伤过凡人。正当满朝上下对此议论纷纷时，又是帝君你匆匆从悉洛佛的法会上赶了回来，说那是你为护人族而对这世间立下的又一条法咒。"

话到此处，三殿下微微挑眉："我那时还在想，凡世也没发生什么大事，怎么帝君突然就对凡人如此上心。"他转着茶杯，忽而一笑，"如今看来，那两条法咒，其实并非是帝君你立下的吧？"

所以说帝君看重三殿下也不是没有理由。论闻音知意九重天没人比得过三殿下，和他说话最是省心。

不过三殿下此番猜的也不全对。帝君言简意赅地帮他做了下纠正和补充："后一条不是我立下的，前一条是。当日骗八荒说这两条法咒都是我立的，是为了不节外生枝。"

帝君吹了吹有些烫的茶汤："不过，虽然通过对咒言痕迹的查探，能确定前面那条法咒出自我之口，但我却并无印象自己曾为世间施过此咒。"他抿了一口茶，"而我探过自己的记忆，我的忆河也不曾被人动过。"

帝君这话说得忒简，同打哑谜也差不了多少，寻常人根本就听不懂，不过三殿下毕竟不是寻常人，他几乎立刻领悟到了帝君的意思。"这……有些离奇。"他难以相信地低语。

帝君默了默，放下茶杯："是离奇，可若不从时光回溯的角度考虑，便无法解释那两条法咒的存在。"

镇厄扇叩在茶案边缘，发出嗒的一声响，三殿下捏了捏眉心："果然是时光回溯啊。"

帝君嗯了一声，难得地展开说了两句："你也当知晓，法咒这种咒言一旦被立下，除非施咒者主动将其撤销，否则无论发生何事，它为这世间刻下的规则都仍适用于这世间。所以三万年前，当我和悉洛商讨此事时，我们都倾向于这两条法咒会凭空出现，是因时光被回溯了。"

三殿下仍捏着眉心："有回溯时光之力，又能为此世立下法咒，还怜悯人族的神，这世间只有一位，祖媞神。"

帝君很欣慰三殿下竟主动提到了祖媞神。"你说得对，"帝君道，"我也正要说到她。我和悉洛一致认为，在现存的时空之前，这世间还曾存有过一个时空。我们猜测在那个时空里，祖媞复归了，而后在某种情况下，我和祖媞先后为这世间订立了两条法咒，接着，也许是八荒迎来了什么灭世的大灾劫，为平息劫难，祖媞以命为祭，回溯了时光，才造就了现在的一切。"

三殿下哑然，这猜测乍听起来离谱，可细思又觉真实。"这……的确很有可能。"他回道。随着这几个字出口，一种与过去那些总能成真的奇异预感相似的直觉漫上心间，让他在那一瞬有了一种很真切的感觉，仿佛事情的真相便是如帝君所述。

心莫名变得有些空，那一刻，他忽然感到自己是不完整的，就好像他曾失去了很多。这感觉着实无端。他不明白自己为何会在这一刻生出这样的感触。

帝君还在继续："当然这都是我们的推测。我和悉洛一直在解密这件事。三千年前，悉洛在姑媱寻到了祖媞的上善无极弓。"帝君解释，"便是那把可回溯时光之弓。"又道，"寻到那把弓时，弓身光华璀璨，气韵仍存，说明神弓并未受损。但它的弓灵却像是沉睡了，任我俩用尽办法，也没能使它有反应。自然，我们未能从这把弓上找出有关时光回溯的线索，但想着或许有一天弓灵能苏醒，我便将它带回了太晨宫。"

帝君说到这里，三殿下隐有所感："所以帝君召我来此，是因这把沉睡之弓近日竟有了动静？"

"和你说话真的省事。"帝君重端起茶杯，茶温正合宜，他饮了两口茶汤润了润嗓，继续说那弓，"前天夜里，子时初，这把安静了三千年的弓忽然动了，眨眼飞出了太晨宫。我循着它留下的痕迹一路找来，才发现它竟停在了元极宫外，弓身上还多了一抹陌生气息。那气息古老、虚弱，联系神弓对那气息的态度，我直觉那是祖媞的气息，可正要结印感知，那弓却消失了。次日我在姑媱长生海中的四念亭里找到了那弓,弓身深深陷在了四念亭的亭柱中,连我亦无法取出,且遗憾的是,神弓再次失去了反应,弓身上的气息也消失了。"帝君以指轻叩桌沿,"神弓出现在元极宫外,疑似祖媱气息的气泽也是自你宫中来,所以我找你打探打探线索,"帝君抬眸看向三殿下,"前夜,你宫里可出现过什么异事吗?"

三殿下愣了许久,可见这番话带给他的冲击。

前夜发生了什么?

前夜,司命星君得了好酒,在府中设宴,他在宴上多喝了几杯,因不胜酒力,早早便回宫睡下了。可睡得并不好。他好似做了个梦,梦里有个人伏在他床前低语,但他看不清对方的面容,也听不清对方在说什么。接着,子时左右,他忽然惊醒了,醒来只觉蒙然,他想不起来他是被什么惊醒的。

他不常如此,因此有些愣神。愣怔中,他看到床前的足踏上躺了一朵半枯的栾树花。枯萎的花朵像一捧即将消失的火焰,火势虽弱,却灼疼了他的眼。他的心底忽然生出一种陌生的惶惧感。他想要抓住点什么,手已经伸了出来,却又感到茫然,因他并不知自己想要抓住什么。他的脑子一片混乱,混乱到令他感到头疼,头疼折磨了他一整晚,天蒙蒙亮时,他才筋疲力尽地重新睡下。

对他而言,前夜的确不算普通,可发生在他身上的这些事,也不能算异事。总结起来不过就是他因醉酒做了个记不起来的梦,醒来后心情不愉,难再入眠罢了。这又有什么好说的。

帝君见他良久不语,一下子来了兴趣,微微向前探身:"还真有异事?"

三殿下回过神来,摇头道:"没有,我回忆了下,只回忆出了前晚我睡得不太好。"

帝君失望地坐了回去,想了想,暗自沉吟:"祖媱的气息会出现在你宫里,或许是因在未被回溯的时光中,同属自然神的你们有什么不一般的前缘。要不然……"帝君抬了抬眼皮,提出了一个建议,"要不然你去见一面上善无极弓吧,我是没办法了,没准看在你同祖媱有前缘的分上,上善无极弓能给个面子醒来,亲口告诉你这世间的秘密呢。"

司命星君倒是经常在给凡人的命格簿子里编类似的桥段,像有缘之人才能拔出插在禁地中的宝剑啊什么的,一般都是他编命格编不下去了,他就开始这么胡写,因此三殿下并不觉得帝君的提议可行:"这听着不太靠谱。"

帝君不负责任地耸了耸肩:"死马当活马医咯。见一面你也不吃亏,这世间到底是怎么回事你可以不好奇,但总不能不好奇你和祖媞究竟有什么前缘吧?"

三殿下僵了一瞬。说实话,他对此满怀疑问,好奇得不得了。方才他也曾猜测,或许在被覆盖的那个时空里,他同祖媞神交情匪浅。可除了同属自然神外,他们之间还能有什么联系,以至羁绊深厚到在她死后,她的遗痕还会出现在他宫中? 即便他智慧过人,也想不出这是为什么。他从不是急切的人,但在此事上,拨开浓雾的心却迫切非常。

"也好。"他端起茶杯来饮尽杯中茶,站起身,"那把司命也带上吧,到时候万一这法子行不通,还可以让他现场编点别的离谱法子,都试试。"

帝君:"……"

肆

中泽,姑媱,长生海,四念亭。

四念亭名亭而非亭,乃是一座海上长殿。

莹若茹颤巍巍倚在四念亭的一角,秀美的小脸上血色尽失,她后悔尾随三殿下来这个地方了。

自打与三殿下定下婚事,莹若茹便来到九重天,住到了天族待客的十七天别宫中。妖族其实是个含蓄的族类,妖族的女子也大多矜持婉约。但莹若茹不这样。莹若茹被妖君妖后养得很骄纵,个性也外放热烈,自住进别宫,她几乎每天都要去一趟元极宫找连宋。

因她是三殿下即将纳入门的侧妃,也没人拦她入宫。但十次里,她能有两次见到连宋便算不错了,且两人在一起时,连宋待她也很普通。但凡有两分清醒,据此也该摸清三殿下对这场婚事的态度,摆正彼此的位置了,但莹若茹不信邪,反而越挫越勇。为了能有更多机会见到三殿下、和三殿下培养感情,她还叫她哥哥莹若徽给她搞来了响蜜鸳王的尾羽。此法物乃是潜行跟踪人的利器。

她是在今晨拿到这法物的，听说堂姐莹千夏在第一天，便找来了，想先拿这个倒霉堂姐试试。没想到在南天门附近看到了三殿下。三殿下身旁跟了位蓝袍仙君，元极宫的掌事仙娥天步仙子紧随其后，三人行色匆匆，似是要出南天门。她眼睛一亮，偷偷跟了上去。

眼见三人消失在南天门外，她立刻掏出了那根响蜜鴛王尾羽。可刚捏好诀，斜刺里突然伸出一只手来握住了她的胳膊。"你在做什么？"莹千夏不知打哪儿冒了出来，蹙着一双秀眉盯着她。她暗道不好，抬手便挣，却没挣开，最后两人一起被响蜜鴛王的尾羽带离了南天门。

也不知过了多久，两人头昏脑涨地跌落在了一片沙石嶙峋的海滩上。

秋阳夕照，大海碧波生辉，一座玉白色的恢宏长殿漂浮在不远处的海面上，长殿四围云蒸霞蔚，云与海相接，胜景堪比诗画。莹若茹揉了揉摔疼的小臂，她还记得自己是在悄悄跟踪三殿下，正想找个地方隐蔽起来，一抬头，却见天步仙子就站在五步外。天步仙子身后立着三殿下和那蓝袍仙君。三殿下正垂眸看着她。

天步先开了口，有些惊讶地问她："公主怎跟着我们来了姑媱？"

她这才知道此处竟是传说中的古神消逝沉睡之境，是八荒神灵皆不可涉足的地方。

她虽然不想被发现，但被发现了她也不慌。这种情况她不要太有经验。她仰起脸来微微一笑，熟练地开始胡说八道："王兄今晨上天，送了些珍宝给我，让我在婚仪上佩戴，但九重天自有礼度，我不知那些珍宝合不合天上的礼制，想着来找殿下商量看看，"她佯作不好意思，抿了抿唇，"所以就跟着来了。"看天步将信将疑，她转了转眼珠，一把扯过莹千夏，将莹千夏也拉下了水，"我说的句句是真，"无辜地看向天步，"不信问我堂姐啰。"

被响蜜鴛王尾羽带走的刹那，莹千夏就弄明白了她这堂妹是在搞什么，实在是不想管她，可毕竟姐妹一场，也不能真的不管。莹千夏叹了口气，没拆她的台，对天步点了点头："的确如此。"

天步默了一下，微微皱眉："即便是如此，殿下还有正事要忙，顾不得公主之事，公主还是请回吧。"

莹若茹着实很烦天步，心道三殿下都没说什么，你区区一个侍女怎么这么多事呢。可见她确实是被娇养长大的，见人见事才能如此单纯。让莹千夏来看，天步如此，展示的自然不是她自己的态度。但莹若茄显然并无这个觉悟。她悄悄瞪了天步一眼，提着裙子，一瘸一拐去到了三殿下身旁："虽不知殿下的正事是什么，但我不会碍殿下的事的。我是殿下即将过门的妻子，与殿下同气连枝，无论殿下来这里做什么，"她抬手比了个缝住嘴唇的姿势，"我都会守口如瓶的。殿下不要赶我走吧。"

连宋也猜到了这对姐妹能跟着他来此，多半是托了什么追踪法器的福。让她们自个儿回九重天，她们不一定能找着方向，到时候人走丢了也是桩麻烦事。"算了，让她们跟着吧。"他朝天步吩咐了一句，没再耽搁时间，转身向漂浮在海上的长殿而去。

天步垂首道是。

目的达成，莹若茄很高兴，按捺住得意，眼风轻扫过天步的背影，也随之举步。

精神一放松，身体的不适便跟着凸显了出来，她忽然感到脚踝处传来刺痛，不禁轻呼。这回是走在她左侧的蓝袍仙君先注意到她的异样。"公主怎么了？"蓝袍仙君好意相询。

莹若茄疼得嘴角直抽。应该是方才落地时扭伤了脚，她想。但这也不一定是件坏事。"要是说脚扭了，难行路，是不是……能骗殿下背我一程呢？"她的脸倏然一红。

本来只有五分疼，她硬装出十分来，一边回蓝袍仙君的话，一边可怜巴巴地盯着前方三殿下的背影："脚好像扭伤了。"

长着一副温润眉眼一看就脾气很好的蓝袍仙君伸出一只手："那公主扶着……"中途一顿，又将手收了回去。"啊……"蓝袍仙君挠了一下额头，"是我唐突了，公主是殿下的侧妃，自当由殿下照看公主。"话罢特地避让开，朝停下脚步转过身来的三殿下挤眉弄眼，"公主脚扭了，还是由殿下来扶着公主吧。"

莹若茄面色绯红地低下了头。

众人皆不曾留意到，云雾环绕的海上长殿前，一缕微弱的、断续闪烁着的金光忽然停止了闪烁。

天步上前道："还是让奴婢来搀扶公主吧。"

莹若茄暗暗瞪了天步一眼，但看三殿下好像也没有要听从那蓝袍仙君的建议的意思，她撇了撇嘴，极不情愿地扶住了天步的胳膊。

虽然对天步不太满意，但到这一刻为止，荦若茹其实都是开心的，她觉得哥哥找来的响蜜鹥王尾羽真是好用，尾随三殿下来中泽的决定也真是明智。

后来她想，若她的旅途是在此结束，那便会很完美。

她不该跟着三殿下去四念亭的。

有个词叫因祸得福。莹千夏觉得她今日便是因祸得福。谁能想到被这倒霉堂妹拖累到此，竟能让她有幸见识到只在传说中听闻过的祖媞神的上善无极弓呢。

站在这海上长殿的正中央，莹千夏内心波澜起伏。她的面前矗立着一根云石做的浑圆殿柱，上善无极弓就嵌在殿柱中。神弓通体雪白，比寻常之弓大许多，斜斜插入遍覆龙纹的云石，就像盘踞在石上的石龙长出了一只美丽的角。

可也不能单用美丽来形容这把弓，美丽之外，它更是气势迫人，明明悄无声息地静默着，却仍带给人威压。莹千夏凝目在弓身上，不禁满心激荡。

便在她震撼不已时，三殿下忽然飞身而起，停立在半空，伸出手来，握住了神弓雪白的弓身。

来四念亭的途中，莹千夏听司命星君说起过，他们来姑媱，是为了见传说中的上善无极弓。"你不知道吧，三殿下同祖媞神有渊源，或许能唤醒那把沉睡的神弓。"星君这么同她说。莹千夏是有见识的人，幼时便听闻过上善无极弓，很清楚它是多么强大神圣的法器。自己竟有机会目睹如此古老神圣的法器被唤醒，这真的由不得莹千夏不期许。

然当这一刻真正到来，想象中神弓一接触到三殿下的气泽，便立即以弦响或是什么响应和的场景却并未发生。神弓毫无反应。且三殿下试了好几次，都没能将它从殿柱中拔出来。

"不是说殿下同祖媞神有渊源吗？"莹千夏失望地问身旁的司命星君。

"是啊，"司命也不无遗憾，"不过，不愧是上善无极弓啊，连祖媞神的账它都不买，真是有个性。"

几人中，反倒是三殿下表现得最为平静，好似对这个结果并不感到意外。眼见实在无法将神弓拔出，三殿下也不强求，很快退了下来。他理着袖子向司命星君:"直接上这法子行不通,你还有什么别的灵感吗?"

司命星君的确有一些别的灵感想要分享给连宋:"有没有可能是神弓觉得殿下您对它不够尊重,所以它才没理您呢? 要不殿下您在拔弓之前先对神弓拜三拜吧,让它感受一把您对它的诚意!"

因着帝君那句"死马当活马医",三殿下本来已经打定主意要是司命星君给出的建议不算太离谱他就豁出去都试试了,但这么傻的建议显然超出了他的承受范围。

三殿下假装没有听到司命星君的话。"那还是出去看看,找找有没有什么别的线索。"一边说一边举步向殿门行去。

"唉?"司命星君唉唉着追上去,"我说的法子,殿下您真的不试试吗? 反正试试又不会吃亏呀!"

三殿下没理他。

天步和莹若茹也跟了上去。见大家都在往殿门处走,莹千夏留恋地再看了一眼那美丽的巨弓,回头亦跟了上去。

三殿下不理人,司命星君觉得没趣,讪讪闭了嘴。长殿空空,古荒清寂,一眼就能望到头,着实不像藏了什么秘密,莹千夏也觉得出去找线索方是正途。

可就在三殿下即将踏出殿门时,空阔的长殿内忽然漫生出夺目金光来。刺眼的金光阻住了他们。

莹千夏还没反应过来,已被一股巨力裹缠着甩到一旁。头昏脑涨地爬起来,才发现司命星君几人也与自己遭遇相同,而那原本充溢了整座大殿、似涵了千万种色彩的奇异金光,除了一部分仍笼着嵌了上善无极弓的殿柱外,余者尽皆收束,凝成了一只一人高的光球。那光球只笼着一人,便是三殿下。

光球静立在大殿正中,囚笼般将三殿下束缚其中。他们都被排斥在了那囚笼之外。一条光带自发光的殿柱中伸出,与那耀目光球相连。光带中漂浮着碎沙似的湛蓝星芒。星芒顺着光带流向三殿下,融入他的身体,三殿下紧闭着双眸,神色有些痛苦,但不知是身体被那诡异的金光定住了还是如何,他并未反抗。

这一切都发生在瞬息之间。天步最先回过神来。

回过神来的天步立刻飞身上前，想要切断那光带，指尖刚触到光带最外围的金晕，光球中的三殿下忽然睁开了眼。"别动。"他沉声，声音很哑，"那是我的记忆。别碰它们。"

天步愣住了。

环绕住光带的金晕倏然爆裂出刺目白光，光线携着巨力，将天步掀翻在地。天步止不住咳嗽，莹千夏两步上前，将天步扶起来退到了安全之地。

到此时，众人终于适应了强光的刺激，眼睛可分辨出光线的层次了。大家这才发现那奇异金光的中心竟是上善无极弓。是上善无极弓爆发出金光，困住了三殿下。

司命星君反应过来是怎么回事后，忍不住骂骂咧咧："殿下拔它的时候它不理殿下，人要走了又来这一出，这把弓的脾气未免也太差了吧！"

天步低咳着规劝司命星君："仙君，不得对神弓不敬。"

四人中只有莹若茹的关注点独树一帜。莹若茹迷茫地看向莹千夏："殿下的意思是……那光带是他的记忆？可殿下的记忆和上善无极弓有什么关系？殿下他不要紧吧？"

老实说，莹若茹问的这些问题莹千夏也很不解，所以她没有吭声。

光带中的星芒越来越少，渐趋于无，随着最后一缕星芒被传递给连宋，环绕殿柱的金光消失了，囚困住连宋的光球也随之消散。光球消散那一刻，空寂的长殿中响起了一个声音："当她祭出我，拉开弓弦的时候，她没想过自己能活下来。"声音悠远，如林籁泉韵，单论音色，很动听，但既非男声，也非女声。

"因此当时光回流、世间一切即将消逝于虚无之际，她没让我将你的记忆保存下来。保存下你的记忆，是我自作主张。"那声音微顿，"哦，对了，彼时你在她面前死去，没有看到最后的结果。我可以告诉你最后的结果。

"祭出我是能回溯时光，但最多只能将时光回溯至四万年前。以命为祭，将时光回溯至四万年前，究竟能不能平息那场劫难，她其实不知，只是在赌。所幸她赌赢了，四万年前的庆姜比她想象中虚弱。她设法诛杀了他。时光回流，她改变了这世间的命数，也改变了你们的命数，你们都活了下来。这便是最后的结果。"

渺远的语声轻飘飘地道出这番重逾千斤的话。认真听完这番话的莹千夏感到一阵茫然。她知道，这是上善无极弓在说话；这些话是神弓对三殿下说的；而神弓口中的"她"，所指十有八九便是祖媞神。可什么时光回溯，什么四万年前，什么改变命数……会是她理解的那个意思吗？那会不会太过离谱了？

莹千夏魂惊魄惕，不由看向数步外的三殿下。

青年抬首望向殿柱中的神弓，神情平淡，莹千夏看不出他有什么异样。那是因莹千夏毕竟还是离得远，若靠近细看，其实能看出青年咬破了嘴唇，琥珀色的瞳眸也不似平日那般淡然。"那她呢，"青年哑声，"她如今在哪里？"

"她如今在哪里？"那声音重复了一遍这六个字，口吻仍是渺远的，因此显得轻飘飘的，"回溯时光，逆天改命，自然要付出代价，我刚才不是说过了吗？代价便是她的命。不过她死时留下了一抹意识。对了，前夜那抹意识还去元极宫见了你一面。自然，你是不知道的。她太虚弱了，再难以存续，所幸在她濒临消散之际，我赶到了。我以我的身体做滋养她的温床，好歹保住了她。她在我身体里沉睡了两夜一日，今晨才醒来。醒来后还想着再见你一面。我告诉她你一定会来这里，她的愿望能实现。我还告诉她，我会将我的身体分给她，供她休养，或许过个万把年，她便能养出魂息，而后重生，再临这世间。她那时很高兴，也对我描绘的未来充满了渴望和期许。"

见青年俊脸失去血色，变得纸一般白，那声音轻笑："你这么聪明，应该已猜到我带给你的不是什么好消息了吧。"

青年没有开口，也没有动。只是连站得那么远的莹千夏，此时也能看到他唇上的血迹了。

"身为一张弓，我又能懂什么是情，什么是爱呢？"那声音淡然继续，"彼时看到你对她情深义重，便想当然以为无论时光重来与否，你的心意都不会改变。想着倘还有契机能使她重临这世间，若你们再次相爱，你却记不得往事，那多可惜，于是擅作主张存下了你的记忆……可没想到你竟另有了良缘。她很会压抑自己，明明伤心，却还为你辩白，说这是重来的时光，这个时空里，你们不曾相遇，你也不知她是谁，撇下她另娶良人，这不怪你。可她难道没有一点怨意吗？我与她同源而生，她心底深处的伤痛，我最明白。所以虽然她并不希望我将这些记忆给你，"它顿住，冷声，"但我偏不。她不舍得折磨你，但我不会。"

天暗了，夜幕降临，坐落在大殿四角的巨贝微微翕开，盈出珠光，为空寂的长殿铺落一层霜色。十二根殿柱借着那昏幽霜色投下暗影。三殿下便站在那些暗影中。"你尽可以折磨我。"青年仰望巨弓，气息混乱，眸底隐现血色，"只要你告诉我，她去往何处了。"

那声音静默了片刻："痛苦吗，痛就对了。"它喃喃，"你问我她去往何处了？ 她原本便是在虚弱中挣扎，凭靠着对你的爱、对未来的期许才坚持下来。可你却背叛她，有了别人。"一直平静的，甚至有些飘忽的语声忽而变得森然，"这世间已定，你也已另结良缘，你们都不再需要她了，那她还有何理由与天命相争、历尽苦楚去求生呢？ 所以她选择了放弃。就在一刻钟前，她消散了。所以记住今天吧，今天是她彻底死去的日子！"

长殿静极了。司命几人大气也不敢出。

"这不可能……"良久，站在阴影里的青年开口。说完这四个字，他抬袖掩住了唇，唇边的衣袖很快被鲜血染红。谁也没有察觉他吐了血。他不动声色地压住被染红的袖缘，挡住那一小片血渍，而后定定看向三丈开外的上善无极弓，神色幽沉："我是说过你可以折磨我，但没说你可以骗我。"

"哦？ 你觉得我在骗你？"神弓冷笑，"如果这样认为能让你好受点，你也可以这样认为。或许我真的是在骗你。谁知道呢？"

骗人的人是不会承认自己骗人的，上善无极弓会如此回答，说明了什么，擅察人心的连宋再清楚不过。崩溃只在一瞬之间。喉头一阵腥甜，又有鲜血涌上，鲜血自他唇边溢出，但这一次，他忘了擦拭也忘了掩饰。

大殿内忽起风雪。

冰凌蔓延、风雪乍起的那一刻，莹若茹还在傻傻问："这是怎么回事？"莹千夏却已本能地觉察出了危险。她一把拉过莹若茹，半揽住她，飞快躲到了附近一只石鼎后。那石鼎倚立于墙角，在墙角处围出了一处能阻住风雪的安全区域。

风雪很快充斥了整座大殿，狂暴的雪片好似冰刀，在大殿中尽情肆虐；贴地的冰凌以极快的速度蔓生，很快便将水磨玉地面完全覆盖住了。

眼前这饕风虐雪绝非寻常。寻常风雪不会带着这么强烈的怒痛之意。毕竟是妖医，莹千夏感知情绪的能力极强。她试着拦截住飞到鼎侧的一片雪花，短暂触碰后，大致有了结论——这场暴风雪应当是三殿下情绪失控所致。莹千夏虽没见过三殿下几次，但听过许多有关他的传闻。传闻中，这位殿下极擅管理情绪，是八荒最难巴结的贵公子，因为巴结者们很难从他表情里感知他的喜恶、猜测他的心意。可就是这样的三殿下，此番却因被上善无极弓刺激了几句，便失控到了这个地步，莹千夏只觉不可思议。

再一想，今天她得知的不可思议之事好像还有点多。时光曾倒流四万年，他们如今所处的乃是重来的时空，这是一件。三殿下曾同祖媞神是对爱侣，彼此用情很深，这是另一件……一桩桩一件件，让莹千夏深感震撼。但目前的情况好像也不允许她花更多时间去震撼。

莹若茹不太聪明，没从上善无极弓那些话里琢磨出三殿下所爱慕之人是祖媞神，但三殿下的感情经历，莹若茹倒也都听懂了。她背靠石鼎望着莹千夏，简直要哭出来："你听到了吗，殿下他竟另有爱慕之人……那、那我怎么办呢？"

莹千夏心想你可真行啊都这时候了你居然还有空想这个。她实在很想拍莹若茹一巴掌，让她清醒一下。不过她忍住了，因为天步仙子和司命星君冒着风雪出现在了她们面前。

天步手中横卧了块异形石，石块发出淡褐色的光，光芒结成了个可容纳四五人的守护结界。结果看上去很强韧，完全抵御住了风刀雪剑的侵袭。天步脸色很不好，充满了忧虑，她向莹氏姐妹伸出手："三殿下失控了，不知最后会变成什么样，我先送你们出去。"

天步以最快的速度将莹千夏几人送出殿外，正欲折回时，忽闻砰的一声，她猛地抬头，见竟是七丈外的殿门倏然关闭了。天步一震，扑上去猛砸殿门，可那裁月镂云的华美玉门却纹丝不动。天步急得嘶声："殿下还在里面，怎么办？"

司命星君和莹氏姐妹也反应过来，赶紧上前相助，可集四人之力，也无法将那紧闭的大门撬开哪怕一条缝隙。

长殿之中，风雪不休。
连宋如雕塑一般立在风雪中心。

心在地狱原来是这种感觉，他想。

当四万年的记忆重回到身体里，回首遥望，与庆姜的决战仿佛就发生在昨日。

那血流成河的一夜，自两仪还真阵阵顶坠落时，他看到祖媞匆匆而至。他并不希望她来，最担心便是她挣脱那些法器的束缚赶来这战场，可最终这担心还是成了真。与庆姜的缠斗耗尽了他最后一分力，他只剩下一口气息，能做的，不过是睁开眼睛再看她一眼。

那是他此生唯一一次向上天祈愿——他想用他的一切所有为她换取一个活下去的机会。他希望她能活下来。即便他不在了，他也渴望有一日，她能平淡地享受生活，悠然地游访八荒山海，在夏末的冰绡花林中自在漫步，体验她此前未体验过的一切。

那是他的遗愿。但上天似乎并未听取。

她未能活下来，反倒是他得以重生。

此时，回看这段重来的时光，竟是如此不真，不真得仿佛一场梦。在这场梦里，他的人生就像是元极宫外花园中的那片菩提池，虽然池中皆是仙露，本质却不过是潭无生气的死水。而自己也像是个偶人，不过在梦里饰演着天族三皇子这个角色罢了，空有皮囊，心魂却未有一刻完整。

他浑噩了这样长的时光，是今日，此刻，他才重新寻回完整的自己。可多么讽刺，刚刚寻回完整的自己，他所面临的第一件事，却又是失去——无可挽回的、不能承受的、摧心剖肝的失去。痛苦放大百倍千倍，充满了他的心和身体。

但这一切都是他自己造成的。是重来的时光里，这个浅薄的、无知的、不懂爱恨的自己漠视感情、轻易许出婚姻所酿出的结局。在消散的那一刻，她是如何想他的呢？以为他爱上了别人，有了新的幸福，过得很好，不想扰乱他的平静，所以才让上善无极弓别将记忆还给他，是吗？

他无私的、被天道苛待的、人生中充满了苦难的、令他的心痛得发抖的爱人，他怎可以让她如此失望？而这世间又凭什么、怎能够对她如此残忍？

他止不住恨，恨意弥散，令他忍不住想要毁灭触手可及的一切。风雪裹覆住整座大殿。大殿在冰凌的缠裹中哀鸣。可破坏并不能拯救他堕入无尽绝望的心。只有死亡可以。

只有死亡可以。他原本便是已死去的人。

殿中的风刀霜剑忽然调转了方向，尽向站在风雪正中的俊美青年而去。

【伍】

九重天上最近流传着一个小道消息，说妖族那位小公主同三皇子的婚事告吹了。

消息最初来源于何处，大家都不知道，但看这事传得沸沸扬扬，元极宫也好，妖族也好，却没一个人站出来否认，大家就心知肚明事情多半是真的了。最高兴的莫过三殿下的拥趸们。姑娘们破碎的芳心瞬间愈合，觉得自己又可以了。不过也有一些小神仙理智尚存，提出了疑问："这可是两族之婚，二人婚期也定了下来，怎么能说告吹就告吹呢，岂不是儿戏吗？"

有个兄长在禋祝司中当差的小神仙神神秘秘地为大家解惑："这就要从莹若茄公主的姥姥说起了。"

小神仙娓娓道来："说当年若茄公主出生时，正值妖族内乱，小公主乃是她姥姥在兵荒马乱中守着接生的。老太太年纪大了，人也有些糊涂，辨错了公主的出生时辰。前几日妖族的大司祭闭关出来，妖君请大司祭再为若茄公主与三殿下合婚。这位大司祭可是厉害得很，立刻察觉出公主的时辰不对，倒推出公主的真实时辰后，与三殿下的一合，才发现二人不合适，若勉强成婚，于双方皆不利。"

小神仙摊手："那还能怎么办呢，只能取消这桩婚事了。但也不可让此事影响妖族和神族的情谊，故而据说天君会在族支里另择一位世家公子，妖君也会在妖族另择一位公主，使二人成婚，以结两族之好。"

禋祝司负责整个神族的宗法礼仪，三殿下和若茄公主的婚事便是由禋祝司筹备，这小神仙的消息既是来自禋祝司，大家觉得那还有什么好怀疑的呢？纷纷信了。

莹千夏是受莹若徽所托来劝慰莹若茄的。

说自打莹若茄回到妖宫后，便将自己关在寝殿中闭门不出，眼看不吃不喝好几日了，着实令人担心。

虽然莹千夏并不知这有什么好担心的——不吃饭又有什么，他们是妖，又饿不死——但看莹若茹好像的确很为这不省心的妹妹牵肠挂肚，她就来了。

推门入殿，迎面飞来一只锦枕，莹千夏眼明手快接住。莹若茄裹着被子坐在水精床上，只露出一颗脑袋，恶狠狠地瞪着她："你是来看我笑话的吗？"眼泪糊了一脸，"你们都不想让我好过，父君也是！我都说了，我不在意三殿下另有所爱，他完全可以娶那个人做正妃，我做我的侧妃就好，可父君他、他为什么要去向天君陛下提退婚？他一点都不疼我！就是、就是不想让我好过，呜呜呜呜呜……"

要不是看她哭得实在惨，莹千夏就上手揍她了。"那日三殿下伤成什么样，你也看到了。"莹千夏克制住自己，说了踏入这寝殿后的第一句话。

莹若茄眨了眨眼，止住了抽噎。莹千夏说的那日是哪日，她明白。

她说的是她们在姑媱那一日。

那日，她们刚跟随天步逃出那海上长殿，殿门便在她们身后关闭了，半个时辰后才重新打开。她与天步率先冲了进去，惊见三殿下浑身是血地躺在大殿正中，似已没了气息。她当场便晕了过去。再醒来时，人已在十七天的别宫中。

莹千夏见莹若茄一张小脸煞白，知她回忆起了当时情境，叹道："君上只告诉你三殿下醒了，无性命之忧，而他考虑良久，还是觉得你同三殿下不合适，所以去了一趟九重天，同天君商议将你们的婚事取消了。"莹千夏顿了顿，"很多事君上和太子殿下都选择不同你说，是因为他们怕你知道后伤心。但你也这么大了，我不认为他们这样过度保护你是好的，所以接下来我要告诉你的事，可能是你不想听也不愿接受的，但那才是真相。"

莹若茄一颤，抿住唇，半晌，半推半就地："你、你说。"

莹千夏道："实则三殿下伤得很重，昏迷了三日三夜才醒，但他醒来后的第一件事，便是跪去天君的凼生殿，请求天君同意，解除你俩的婚约。"

莹若茄倏然睁大眼，连眼泪都忘了流。

"天君不仅没同意，还将他赶出了凼生殿。"莹千夏继续，"但三殿下也没回去，拖着病体跪去凼生殿外，道这一切都是他的过错，但他心意已决，愿长跪于此，向天君谢罪，也向妖君谢罪。三殿下在凼生殿外跪了七日，中途昏过去四次，全靠着天后娘娘差人送来的金丹续命。但天君并未松口，始终未答应他取消婚约。"

莹若茹发了一会儿愣，而后哽咽着问："那听你这么说，天君是站在我们这边的啊，可父君为何……"

莹千夏无奈地揉了揉额角，打断她的话："若茹，动动脑子，若不是天君授意，发生在天君宫殿里的事，又怎可能传到君上面前来？你也不是真的蠢，天君的真正用意，不说七分，三分你总该能悟到吧？而三殿下，可说是九重天年轻一辈中最狡猾，"她停住，换了个词，"最聪明的神君了。对于他这种聪明人来说，要想毫发无损地解决一桩不合意的婚事，又岂是难事？为何他要拖着病体以金丹续命、在岂生殿外跪足七日？哦，听说现在还跪着，你当他是跪给天君看的吗？那是跪给咱们君上看的，你可明白？"

莹若茹一脸迷茫。莹千夏捏着眉心叹了口气，抽丝剥茧与她分析："比起天族，我们是很弱小的，这你总该知道。此番，是我们为了在将来得到天族庇护，主动向天族求亲近，才有了你与三皇子的婚事。说得好听点，这桩婚事是两族联姻，说得难听点，其实可算作是妖族向天族进贡。

"不想收一件贡品，是不用付出代价的，但三殿下却主动付出了代价，这说明他并未将你当作一件贡品。往深一层说，是展示了天族对妖族的尊重。而这，也正是天君希望咱们君上能洞明的。"

见莹若茹脸色乍红乍白，莹千夏知道她在想什么，淡声："你被保护得太好，又骄傲惯了，乍听到这样的话，必然觉得刺耳，但我们作为八荒最弱小的族类，在与别族的交往中，所处的地位素来便是如此弱势而低微的，这是客观事实，你得接受。"

莹若茹咬住唇。

莹千夏回到先前的话题，继续给她讲道理："于天君而言，他这七日对跪在岂生殿外的三殿下不闻不问，便是给足了咱们君上台阶。而君上，他是必须得接住这个台阶的，相信道理你现在也懂了。

"天君希望君上能主动拿出一个合适的态度。什么才是合适的态度？主动表示出对天君的理解，展现出对三皇子的宽容，这便是合适的态度。

"再则，君上也知三殿下对你无心，如今的情况，你若执意入元极宫，最后必定受苦，所以君上做出了这样的选择。主动向天君提出退婚，不是因君上不疼爱你，正是因他太疼爱你，他才会这么做。"

莹若茄望着眼前沉肃的堂姐,一个字也说不出。

莹千夏静静回望她,道出了最后一句话:"若茄,你也该懂事了。"

莹若茄垂头静默了许久,忽然大哭:"可、可我是真的喜欢殿下……"她捂着胸口,渐渐哭得上气不接下气,"呜呜,我觉得我的心好痛,好痛好痛……"

看她这傻兮兮又怪可怜的模样,莹千夏也不禁生出一丝怜悯,她上前两步,弯腰搂住了莹若茄乱糟糟的头。但她实在不懂该怎么劝慰人,沉默了半天,最后,伸手不算温柔地揉了揉莹若茄头顶:"想哭便痛快哭两天吧,哭够了就放弃。你做得到的,若茄。"

天君的寝殿当生殿位于第三十二天之东。

当生殿外园景极好,枫红松翠,水石清华,堪称诗境。

三殿下已在这诗境中跪了九日。

天君负手立在一扇轩窗后,遥望向笔直跪在殿前月台上的小儿子,沉沉叹了口气。

仙侍前来通传,说帝君来了。

帝君站在不远处的玉带桥上,正以鱼食逗惹桥下的锦鲤。听到身后响起脚步声,帝君没回头,只道:"你这里的鱼养得不错。"

天君谦虚:"不及帝君宫中所养。"静默了几息,问帝君,"这几日,几位天尊和真皇都来我这儿替那小子说过情了,帝君此来莫非也是……"

帝君愣了愣,拎着鱼食转过身来,表示不能理解:"跪了几天而已,又不会死人,他们跑来说哪门子情?"

……那逆子是在帝君那儿失宠了吗?天君顿了一下:"那帝君此来是……"

帝君转回身继续喂鱼:"听说他在这儿扎扎实实跪了九日,他是怎么坚持下来的,说实话本君有点好奇。"

听闻帝君此言,天君眉心聚起,神色有些无奈:"哎,那逆子的确有些虚弱,这几日全靠他母后送来的金丹才坚持下来。"天君苦笑,"但又有什么法子呢，本君虽是他的父君，但更是天君，事是他惹出来的，为了让妖族不觉得我们只是做做样子，也只能再多罚他几日。"

帝君默了一瞬："啊，我不是说这个。"帝君道，"我是纳闷，他一个在战场上都恨不得每天换衣的洁癖，跪在这里连着九日不沐身也不换衣，是怎么坚持下来的？"他好奇地看向天君，"你就不纳闷吗？"

天君："……"天君还真没想过这个。

帝君接着道："所以我过来看看，顺便给他带了套新衣。"

天君接过帝君不知打哪儿变出的新衣，整个人都有点蒙，目光发直地看着手中的衣物，心想这就是帝君的爱吗，这份爱还真是有点与众不同又别具匠心啊。

帝君很爽快，送完了衣物就要走，天君突然想起来有件事他一直想问帝君，却总没找着机会，今日倒正可以问问，忙收起那新衣，道："帝君，先留一步，还有一事需请教帝君。"

帝君停下脚步，回过头来，示意他说。

天君斟酌一息，问出了连日来一直困扰于心的问题："在被覆盖的那个时空里，那小子是真的同祖媞神有前缘吗？自然，有祖媞神做儿媳，这是想也想不到的尊荣之事，但我思来想去，总想不明白，祖媞神为何会看上那小子？是被那小子给诓骗了吗？"

帝君无语："连三他也不是你出门溜达时在路上随便捡的，你倒也没有必要把他说得那么糟糕吧。"

天君捏住眉心："那逆子聪慧，有能为，战场上屡立奇功，乃年轻一辈中的翘楚，这一点无可否认。但他有个致命缺陷，他风流啊！"天君忍不住发出灵魂疑问，"不靠骗的，他这样的风流公子，又凭什么能娶到祖媞神呢？"

帝君顺着天君的思路想了片刻："我觉得你还漏了一点吧。"

天君表示愿闻其详。

帝君道："你儿子长得好看，可能祖媞是看中了他的脸。"

这是天君未曾思考过的角度。天君吃惊极了："……祖媞神也不至于这样肤浅吧？"

帝君耸了耸肩："那谁知道呢，要不等祖媞醒了，你亲自问问她是撞了什么邪？"

天君为帝君话中的隐意所震："帝君的意思是……祖媞神会复归、归位是吗？"

祖媞会不会复归？这是个好问题。

帝君想起了十二日前，他在姑嬬同上善无极弓的那一番对谈。

那日，司命天步一行人将重伤的连宋带回，因不敢惊动天君，他们直接将人送来了太晨宫。同药君合力使连宋的伤势稳定下来后，帝君找天步说了会儿话，之后便去了姑嬬。

一不小心差点将连宋给逼死，上善无极弓自觉理亏，不能再心安理得地拿乔，帝君刚走到它面前站定，还什么都没说，它便先开口了。

"我也不是真的想让他死，就是气不过，想让他吃点儿苦头。"神弓委委屈屈地，"最后看到他居然来真的，我也吓了一大跳啊，不是赶在他把自己搞死之前及时阻止他了吗？"

帝君无语："你可真及时，只给他留了一口气，你知道本君费了多大劲才救回他吗？你就不能拦早一点？忘掉过去难道是他自己想的？"

上善无极弓不敢作声。

帝君没好气："祖媞是真的彻底羽化了？那小子为情所困，一叶障目，本君可还没瞎，你是骗他的吧？"

上善无极弓支吾了两声："啊，嗯，那、那也不是都在骗他吧。"别别扭扭地，"我最后也同他坦白了，阿玉还有重生之机。看他情况不好，我甚至还鼓励了他，同他说，阿玉对这世间还有一些遗憾，只要他活下来帮阿玉完成那些遗憾，我便告诉他可令阿玉重生的办法。这也算将功补过了吧。"

帝君低叹："祖媞果然还能回来。"可帝君也是真的不太明白，"拉动你，回溯时光，需以命为祭，照理她确然已无活下来的可能了，为何……"

帝君居然也有不了解的事，上善无极弓顿时觉得自己找回了场子："看来帝君虽然活得长久，但这天地间的秘密，也不见得都晓得哇。"

帝君掠了它一眼："不要阴阳怪气，我听得出来。说正事。"

上善无极弓嘟嘟囔囔："好吧，正事。"它轻咳一声，"实际上，庆姜灭世，既是这世间之劫，也是天道给光神的考验，是光神的最终之劫。"

生而为神的神仙们，一生会历两次劫——少年时的上仙劫和青年时的上神劫。成功历上仙劫后，神仙们能得上仙阶品，得上仙阶品后，方有能力领悟更精深的奥义，学习更高阶的术法。不过，上仙劫过不了也没什么，不会要命。但上神劫不一样，此劫若是历过了，便是寿与天齐，历不过，便是就地绝命。祖媞早在洪荒时已是上神之阶，照理说身为上神，余生她已无劫可历了，怎么凭空又冒出个什么最终之劫？

帝君微微沉吟，将这个新名词重复了一遍："最终之劫是吗？"他看向上善无极弓，"你展开说说。"

上善无极弓学乖了，没再抖机灵，老老实实回道："新神纪封神之时，作为神王的墨渊神少为这世间封了一位神，便是人神。墨渊的确为神族订立了需庇护人族的律责，但他，乃至整个神族其实都并未认识到人族的价值。在他们眼里，人族除了弱小，还是弱小，若失了神族庇护，便很难活下去，所以即便新神纪之后，帝君您与历代天君们都庇护着人族，人族也祭供着你们，但你们，并非是人族的神。"说到这里，神弓微顿了顿，"天生五族，每一族都有它存在的意义。天道认为，只有真正理解人族、尊重人族、发自内心愿帮助人族、能带领他们寻找到其存在意义、最终能陪伴他们走向新生与荣光的神，方是人族之神，可被称为人神。这世间最适合成为人神的，便是少绾和阿玉。少绾还会回来吗，她是否已历过了那最终之劫，这些我并不知。我只知阿玉的最终之劫在她第一次踏上轮回之路、作为凡人去往凡世时便开始了。若她能真正懂得人族，并在最后的时刻做出正确的选择，她便能历过此劫，成为人神，若历不过，她便会彻底消失。"

帝君点了点头："所以你的意思是，祖媞通过了天道的考验，算是成功历过此劫了，因此得到了重生之机。"

雪白神弓的上弓片微微颤了颤，看上去像是在点头："凡人，是最有勇气反抗命运的，最擅长打破限制的，最会抓住机遇的，所以往往是弱小的凡人，反而能创造奇迹。加之，他们还拥有一些可贵的禀赋，譬如在历经劫难、受尽搓磨后，许多凡人都还能继续保有趋善的本能，这是这个族类的伟大之处。天道给阿玉设置的所有坎坷，不是在考验她的神格，而是在考验她的人格。她努力反抗命运了，尝试打破限制了，在危急的最后之时，本能趋善，所以奇迹发生了。光神虽献祭了，但这世间的人神诞生了。她会以凡人之身重生，成神，成为人族之神。这便是为何她能重临这世间的原因。"

上善无极弓之言犹在耳畔，帝君有些恍惚。

天君的声音像是从极遥远之处传来："帝君、帝君？"

帝君一顿，回过神来，看向一脸疑惑的天君："哦，你方才……是在问祖媞是否会归位？"帝君轻轻一叹，"回来应该是会回来的，但那是不是归位，不大好说。"

帝君留下这么一句语焉不详之语便离开了，徒留天君一头雾水。既然人最终还是会回来，那不是归位，又是什么呢？

时光之轮滚滚向前，两万年光阴在七百三十万次日升月落中化为苍白烟灰，扬散在金轮长长的车辙里。

天步站在息心殿外的廊檐下，微微仰头，打量着挂满廊檐的七色如意结。

七色如意结乃是天族的祈福之物。若有喜事临门，便在家中挂上七色如意结，这是天族的传统。传说挂上七色如意结，便能谋得上苍赐福。

因这如意结外观有些俗气，加之三殿下从不迷信什么上苍赐福，所以元极宫建宫九万一千三百零四年三百三十六天来，前九万一千三百零四年三百三十三天里，宫里从没出现过这玩意儿。

算数好的应该能看出来，这意思是，近三日，元极宫里终于出现了这玩意儿。

的确如此。

看着挂满整个宫殿的七色如意结，满宫仙侍皆摸不着头脑，不知他们品位卓然的殿下这是在搞什么。

天步倒是知道。

三殿下的心上人降生了。

降生在凡世。

殿下这是在为他的心上人祈福。

元极宫从前殿到后院一共挂了七千七百七十七只七色如意结。每一只如意结皆是三殿下亲手编就。

天步觉得，这还蛮感人的。

这种感动的心情持续了十六天。

十六天后，有个从凡世飞升上来的少女出现在了元极宫。看到这些七色如意结，少女好奇地问天步："你们三殿下是刚娶了个男妃吗？"

天步不明所以。

少女解释："在凡间，男子与男子结契，喜房就这么布置。唔，结契，你知道吧，就跟男女成亲差不多。"少女伸出根指头，戳了戳门柱上的七色如意结，"他们就挂这个，彩虹结，满屋都挂。"

天步："……"

天步惊慌失措地解释："我们九重天不管它叫彩虹结，我们管它叫七色如意结，我们挂它只是为了祈福，我们殿下不喜欢男的！"

少女有点惊讶地啊了一声，沉默片刻后，点评道："呵，有趣的文化差异。"她耸了耸肩，"不过喜欢男的也没什么，我还以为你们殿下和那个接引我上天的粟及仙者是一对呢，他们看上去还蛮相配的。"

天步："……"

天步不知道该怎么接话。天步突然有点同情三殿下。

【捌】

成玉坐在元极宫西内花园的一棵歪脖子树下，一边打瞌睡一边听粟及仙者给她补课。

粟及仙者飞升后，先是在元极宫的藏书室整理了两万年藏书，接着又被东华帝君借去太晨宫整理了两万年藏书。论学识，粟及仙者在以凡人之躯证道飞升的九天之仙中算是数一数二的，来给成玉补几堂仙界通识课，以助成玉在所有新飞升小仙们都得参加的仙界通识考试中过关，那是不在话下的。但粟及有一个问题，他讲课讲着讲着就爱跑题。

粟及捏着份去年的文试考卷，负手侃侃而谈："所以虽然大家都知道，如今三十三天的天树神宫灵蕴宫其实是没住人的，但符节司还是按月往灵蕴宫送月例和薪俸，因为昼度树坚称它的守树神君商珀圣君仍在籍，它就是给商珀放几万年假，让他先回西荒复生他的夫人，毕竟家成才能业就，家和才能万事兴嘛。

"那谁能拿天树之王有办法呢，只好它说什么就是什么咯。商珀圣君甩手不干了，可守树神君的活儿，却是要有人担着的，东华帝君就让三殿下先担着了，谁让商珀圣君下界全是拜二殿下所赐呢。啊，说远了，"粟及抖了抖卷子，"来，再看这一题。嚄，这题又是和树相关的，冥司轮回树的守树人是哪位……"

粟及弯腰，在课桌上翻找半天，从堆积如山的卷子里捞出来一张，展开，推到成玉面前："唔，之前给你做的练习卷里，有一道题，问五大自然神是哪五位，你就只写对了一位——咱们三殿下。其实五大自然神里还有一位男性——风之主瑟珈，他就是轮回树的守树人。"

讲到这里，粟及不禁又开始跑题："说起来瑟珈尊者会做轮回树的守树人，也跟咱们三殿下脱不了干系。其实当初墨渊上神于九天之巅封神、创立新神纪后，瑟珈尊者便失踪了，谁也不知他去了哪里。二十多万年过去，就连帝君也认为他要么是羽化了，要么是沉睡了，可就在两万年前，他却被三殿下从冥司不知道哪个旮旯里给找了出来。然后也不清楚是怎么弄的，之后他就留在冥司，做起了轮回树的守树人，也是奇了你说是不是？"

成玉一边打哈欠一边点头："嗯嗯。"

粟及沉默了一下，指节轻叩桌面，发出响声。

成玉抬起头来。

粟及问她："我刚才讲的，你都听清楚了，也都记住了是吧？"

"嗯嗯。"

粟及抱起手臂："那你说说看我都讲了什么？"

成玉眨了眨眼睛："你说三殿下爱管闲事，什么事都和他有关系。"

爱管闲事可不是什么好评价，粟及赶紧摆手："我可没有这样说啊。"

成玉想了想，改口："你说三殿下乐于助人，什么事都和他有关系。"

粟及要崩溃了："重点不是三殿下，重点是昼度树和轮回树。而且，你的总结也并不准确，三殿下并不爱管闲事！据我所知，两万年来他统共也就只管了这么两桩闲事好不好！"

"不止吧。"成玉耸肩，"不是还有我吗？"说到这里，不再打瞌睡、彻底醒过神来的少女困扰地皱了皱眉，"三殿下这么用心，还找你来给我补课，感觉他好像特别希望我能留在你们天庭当神仙。"她顿了一下，有些闷闷地问粟及，"他是不是有点太过惜才了？说实话，我有那么适合当神仙吗？"

粟及和自己的良知做了会儿斗争，最后他昧着良知回答了这个问题：

"是的吧，哈哈，你不错的，哈哈哈。"

"嗯。"成玉没听出粟及的言不由衷，单纯地信了这话，"但我其实并不想当神仙。"她趴在桌子上，沉重地叹了口气，"我也不想学习，我就是、我就是好想我爹娘啊。"

粟及看着成玉，也不由在心里叹气。毕竟才十六岁，还是个孩子。三殿下还是太急了些。粟及想。

是夜，粟及寻天步聊了会儿成玉思家之事。两人在元极宫东内花园的一个角落里站了片刻。

粟及捏着眉心，语重心长地同天步诉说自己的担忧："能修成正果、飞升九天的凡人，都是有觉悟的。在踏上修行这条路之初，我们便主动斩断凡缘，成为世外之人了。也正是因此，在飞升之后，我们才能不为凡情所缚，中正而不偏私，仁爱而有理性，当好一个神仙。可成玉，她虽是祖媞神重生，却并未觉醒，可说同凡人无异了。且作为凡人的她，十日前还是个从未离开过父母的闺阁小女儿，没想过修仙，也没想过飞升。三殿下仓促地喂她金丹，将她带上天来，这……是不是太欠考虑了？"

粟及摇头轻叹："她放不下凡尘，每天都在思念凡世的父母，在天上这些日过得也并不开心。所以我在想，殿下这样做，真的是对的吗？"

天步静了片刻。"一个月前，"片刻后，她开口，"当尊神于那处凡世降生时，上善无极弓曾特来元极宫叮嘱殿下，说想要让作为凡人的尊上顺利觉醒、归位成神，殿下便不可出现在尊上身周、干扰她的命数。天上一日，那处凡世一年。因着上善无极弓那番警告之语，殿下入凡十六载，与尊上毗邻而居，却从不敢出现在她面前，唯恐妨碍她的成神之路。"

天步无奈："可谁能想到天道不做人，居然还给尊上安排了个嫁人的剧本呢？殿下再不出手，尊上便要嫁给她那小竹马变作他人妇了。"天步叹气，"殿下那晚喝了点酒，没忍住，就闯了尊上闺房，喂了她金丹……不过我要是殿下，我也忍不住，"天步动情地表示，又看向粟及，问他，"你忍得住吗？"

粟及并不知这事背后还有这么个因由，吃惊之余代入自己，确实感到很气愤，忍不住。

"但这事，也不是把成玉提上天，让她当了神仙就行了啊。"虽然感到不能忍,粟及还是保有理智,"三殿下是希望她归位的不是吗?可她要是修行不到位,便不能得悟;不能得悟,便不能觉醒;不能觉醒,便不能归位。"

粟及拧紧双眉:"若让她在凡世待着,经历正常的聚散离合,或许十年、二十年……很快她便能勘破红尘、放下凡缘。可三殿下这一插手,那必然加深她对凡世的执着和眷恋啊。"

粟及不禁长叹:"斩不断凡缘,又如何能生出修行之心,无修行之心,又如何能得悟。祖媪神的归位之路,怕是更长了啊!"

天步摊手:"所以上善无极弓跑来元极宫骂了殿下三个时辰。"

"不过,问题倒也不是很严重。"天步补充,"照上善无极弓的说法,尊上终会觉醒归位的,只要给她足够的时间和空间,让她自然地去觉知自我,别用她脑海里没有的过往去干扰她的意识,那她的觉醒便不会是一个太长的过程。"

粟及竖耳倾听。"别用她脑海里没有的过往去干扰她的意识。"他咂摸了一遍这话,恍然,"啊,难怪殿下让我在成玉面前管好自己的嘴,还强迫我立了个狠毒的咒誓。"

天步听出了粟及话中暗含的委屈,拍了拍他的肩:"凡是知道尊上身份的,都立了这个咒誓,连东华帝君都立了,所以你也没什么好叫屈的。"

粟及目瞪口呆:"帝、帝君都立了?殿下是怎么做到的?"

天步:"殿下说帝君要不立,他下半辈子就在太晨宫安家了,帝君觉得他做得出来,烦死他了,就立了。"

粟及:"……"

玖

这是成玉在九重天上待的第十夜。她闭着眼,却并未睡着。她找粟及仙者打听过,知晓天上一日,便是她父母所在的那处凡世一年。依照天规,新飞升的小仙需在文试合格后才有机会前往凡世。文试是在二十五日后。也就是说,待爹娘垂垂老矣,她才能有机会入凡再见他们,而那说不定会是她此生最后一次见他们。成玉揉了揉发酸的鼻,闷闷地翻了个身。

便在这时,她听到有谁推开了她的门。接着是一阵未做掩饰的,但并不急躁的脚步声。成玉睁开眼,借着星光看向帐外。来人抬手撩开床帐,在与成玉睁开的眼对上时，停下了动作。

成玉望向青年，微微抿住唇，只觉此刻情景，竟像是十日前那夜的再现。

十日前，凡世。

那是她出嫁的前一晚。

大魏朝百分之九十八的新嫁娘都会在出嫁前夜失眠，但成玉没有。因为她要嫁的人是同她从小一块儿玩到大的韦照。韦照家和他们家是邻居。韦照当忠武将军的爹和她当户部侍郎的爹是过命的兄弟，韦照的娘和她娘是嫡亲表姐妹。韦照他们家和韦照这个人，都没法带给成玉什么压力，所以虽然翌日便要出嫁，她的睡眠还是和以前一样好，入夜一挨着枕头，人就睡着了。

睡到半夜，她有点口渴，想唤贴身丫鬟青果给她倒杯水。迷迷糊糊睁开眼，却见房中不知何时亮起了灯。睡在床前的青果不知哪去了，一位美如冠玉的白衣公子面无表情坐在竹灯旁，正垂眸看着她。

魏朝的男女之防虽没前朝那么严，但女儿家的闺房也不是男子们可入的。少女们若是遇到这种情况，一般都是要尖叫的。

但成玉没有尖叫。她坐起来眨了眨眼，以为自己在做梦。

她见过青年，两次。

一次是她七岁时，一次是她十五岁时。

七岁那年春，成玉跟随几位表姐去城外的白头山看梨花。不知怎的，进山没多久，便和表姐们走散了，一个人迷迷糊糊转到了渺无人烟的梨林深处。毕竟人小，意识到自己迷了路，她也有些怕，正着慌之际，忽发现前面有座被梨枝挡住的小亭，小亭中似有人影。

成玉试着往前走了几步，转过视野盲区，见那亭中确有个青年。青年玉带白袍，倚亭柱而坐，垂眸懒淡地翻着书，侧颜如月生辉，不是人间能有的颜色。那一瞬间，成玉只觉天地都静了。好一会儿，她才回过神，想着也许可以去跟青年问个路。于是她又往前走了几步，转过了两株梨树。这时，她才发现她和青年所在的那座小亭之间竟还横亘着一条小河。

那河不算宽，可她是个小人儿，是过不去那河的。她站在河边，想了想，提起嗓子，"哥哥，哥哥"地朝数十丈外的小亭高喊了几声，企图引起青年的注意。可青年像是没有听见，只儿自翻着书，并没有向她看来。成玉有些泄气。不过好歹，她知道自己不是一个人待在这鬼地方，倒是没方才那么害怕了。

闷闷地在河边坐了一会儿，身后隐约传来表姐们呼唤自己的声音，成玉赶紧回声相和。

没多久，表姐们便循着她的回声一路找了过来。

表姐们被吓坏了，胆子最小的七表姐扑上来抱着她就开始哭。

表姐们带她离开时，成玉回头又看了一眼那小亭，但亭中已无青年身影。

再次见到青年，是在八年后。

八年后，她十五岁。十五岁的她陪同娘亲去京郊的千佛寺礼佛，夜里留宿在寺中。睡到半夜，她被簌簌落雪声吵醒，再睡不着，便取了斗篷和风灯，去檐廊下观雪。行到中院的月洞门处，忽闻住持禅师所居的隔壁院传来推门声，她好奇抬头，目光穿过一帘夜雪，正撞上推门而出的青年。

月色清澄，雪光皎洁，辨清青年面容的一瞬，成玉蓦地握紧了手中的风灯。

青年抬目，也看到了她，但他的目光只是很平淡地自她身上滑过。待成玉回过神来，青年已离开禅院，向外院去了。

时光未在青年身上留下一丝痕迹，那如玉之颜仍与当初别无二致。

明明当初只遥遥见过一面，她却一直记得他，以至于八年后再遇，她一下子便将他认了出来。成玉自己也觉不可思议。她虽然记性好，但小时候的很多事她都忘了，青年不过是她幼时偶然碰到过的一个陌生人罢了，为何自己会将他记得那样牢，她也无解。她只是，就那样记住了。

成玉呆呆地站在月洞门内，许久后，抬手按住了胸口，仿佛这样做就能使胸腔内那颗跳得乱七八糟的心平静下来。彼时，她并未深思自己为何会有这样的反应。毕竟只是个还未开窍的十五岁少女，还以为自己会如此，是因太过惊讶之故。又想，青年半夜还在住持房中，定是与住持论法来着，那如此说来，青年也是个修行之人了，怪不得驻颜如此有术。

成玉一直觉得，她与青年之间，只是她单方面记得他，他是不曾留意过她的。所以出嫁的前一晚，她半夜被渴醒，见他靠着竹灯坐在自己床前，她第一反应是她在做梦。

那时的成玉已是个新嫁娘。作为新嫁娘的她被迫接受了喜嬷嬷一个月教导,已不再那么无知,大概也有点开窍了,对于自己居然会在成亲前梦到陌生男子感到非常震惊。"难道我是不想同阿照成亲吗?不会吧?虽然阿照他有时候是很烦吧……哎,他有时候真的很烦,巨烦。"她在心里嘀咕,又瞄一眼她以为是幻觉的青年,"都怪阿照他长得不算顶好看,要是他能长成这个哥哥这样子,就冲他这张脸,我还会烦他吗,当然一辈子也不会烦啦。不过他哪里有长成这样的福气,哎,我也没有福气,算了,还是继续睡吧。"这么在心里嘀咕一通后,她半眯着眼又要躺下。

青年却忽然靠过来揽住了她的腰,阻住了她滑进被窝的动作。她闻到了浓郁的酒香。她原本便不算清醒,被酒香一笼,更是头晕。青年的手移到了她的背部,她轻颤了一下。这究竟是个什么梦?她试着推了下青年,没推动,反倒换来了青年更为用力的揽抱。

他在她耳边开口了,声音微沉,温热的气息拂在她耳廓处,弄得她有些痒。"阿玉,我来带你走。"他道。说着这话时,他空着的那只手抚上了她的唇,她还没反应过来,口中便被喂进了一粒甜甜的像是糖块的东西。糖块滑落入喉,排山倒海般的困意袭来,睡过去的那一刹那,她只觉整个身体都轻飘飘的。

再醒来,她便登了仙。

来南天门接引她的是粟及仙者。

粟及仙者将晕乎乎的她从祥云上扶下来,告诉她,这里是九重天,她这是飞升了,一般凡人飞升,都需靠修行历劫,像她这样被神仙喂了仙丹飞升的,之前九重天上还从未有过。她这才知道,青年竟是神仙,喂她的糖块竟是仙丹。可青年为何要喂她仙丹、令她成仙?粟及仙者含糊回她:"咳咳,可能因为人各有命,你命中注定就要当神仙。"

连宋将她安排在元极宫中,派了天步仙子照顾她,还指了粟及仙者给她补习功课。关于她的一切,他都安排得很妥帖,但上天这十日来,她却一次也没见过他。天步仙子善解人意,自发与她解释:"殿下会助姑娘飞升,是因姑娘身负仙缘。但于红尘中引导姑娘开悟、修行,才是助姑娘登仙的最好方式,似殿下这般直接喂姑娘仙丹……未免有些简单粗暴,天君对此不甚满意,责令他闭门思过,所以这些日子殿下才未来看姑娘。"

天步的解释不可谓不合理，她也没什么好怀疑的。

今夜，此刻，在这夜半时分的熙怡殿，她终于在上天后首次见到了这位将她提上天来的三殿下。

星光暗昧，为整座寝殿铺上了一层幽影。青年单手撩起床帐，将流水一般的绸帐挂到一旁的玉钩上。

成玉坐起身来，望向青年，率先开口："这么晚了，三殿下你来……"她微微偏头，有些困惑，"是又要来喂我什么东西吗？"

青年的手停在玉钩处，顿了顿："听说你这几天不开心，我想或许带你去见见你父母，你心情会好点。"他瞥了她一眼，"当然，见了之后还要回来。"

"啊？"成玉愣了片刻，反应过来青年的意思后，她睁大了眼，"可……这有违九天律例不是吗？"

青年坐下来，翻手化出颗巴掌大的明珠："你才上来几日，就知道这么多九天律例了，看来二十五日后的通识考试我不必再担心了。"这么说着，他顺手将珠子放进了一侧的白玉凤荷灯灯碗，房中立刻明亮了起来。

成玉抿了抿嘴唇。

青年看她这模样，笑了笑："还是想下去的吧？"

成玉捏着被角："当然是想的。可，"她微微皱眉，烦恼道，"可要是被发现了怎么办呢？"提出这个问题后，她自己先愣了一下，像是被什么点醒，想了一瞬，忽然问青年，"若是被发现了，会罚我再回去做凡人吗？"

青年的神情原本很温和，就像是白头山上梨香浮涌的春水。成玉眼睁睁看着那春水快速流过夏秋二季，进入冻期。她忽然明白了自己不该说这样的话。她张了张口，但不知该如何辩白。

青年迎着她的目光，看了她许久，而后问她："阿玉，是不是罚你回凡世，你会更开心？"

青年的脸上没有表情，但成玉却感到了一种隐蔽的忧伤，那忧伤使她无法表露本心。"我，"她咬了咬唇，将目光别向一旁，"我只是……只是很想念我爹娘。"

她感到青年靠近了些许。她闻到了奇楠的香味。初香中的花木香似一片森林包裹住她，而后林中落了雨，洗去了花木温润的香气，只留下一种月光般的甜凉。令人沉醉的甜凉气息里传来青年低而轻的声音："那我每天都带你回去看一次你的父母，直到他们步入轮回。你留在这里，可以吗？"

她是清醒的，她很确定。她没有办法拒绝，她也很确定。

连宋当夜便带她去了凡世。

凡世已是十年后。

回到故土，她才知晓，她于成婚前夜飞升之事在整个魏朝都很有名。百姓们想象力丰富，为她编撰了不少传说。传说里，她原本便是九天之仙，因她父母在她下界历劫的某一世曾对她有恩，她为报恩，才下凡来做了他们的女儿。但身为神仙，岂可与凡人结亲，故在成婚的前一夜，她踏祥云重回九天了。

她已是出世之仙，不宜再与至亲相交。故她并未出现在父母面前，只是在他们不知晓之处遥望着他们。或许当日失去她时，父母是哀痛的，但时光是个好东西，十年过去，失去爱女的悲伤已逐渐被流逝的光阴抚平。他们又有了一个女儿，那小女孩看着有三四岁了，眉眼有些像她。她难以放下爹娘，很重要的原因是害怕父母陷入失去她的苦痛中难以走出。那夜，看着他们抱着她的小妹妹沿着纹波桥赏花灯，脸上的笑容安谧而幸福，她忽地便释然了。

她还去看了韦照。韦照并未娶妻，但纳了几房妾室。坊间传闻，说韦四少曾跪在韦家祠堂里向列祖列宗陈情，道成氏小姐乃他毕生挚爱，挚爱虽已离去，然他此心依旧，今生他绝不会再爱上旁人，也绝不会再娶妻。坊间觉得这故事很感人，还有才子将其写成词曲供歌女传唱，但成玉实在难以流下感动的泪水，她很明白，那小子不过拿她当借口，不愿娶个正妻管束他罢了。

连宋领着她在凡世待了十五日。十五日，正好是九重天上的半个时辰。

临离开凡世那夜，天上星光璀璨，他们都没什么睡意，于是待在屋顶上看星星。

在一起同进同出了半月，成玉觉得自己和这位殿下已很熟了，两壶暖酒入喉，便有些口没遮拦起来。

"粟及仙者将我从云毯上接引下来时，我想过你为什么要将我提上九重天。"她抿住唇，"我觉得你是见色起意，因为在凡世，大家都说我长得很好看。"天上星光清寒，人间雾色弥漫，她微微偏头，酒壶紧贴住脸，将脸颊压出了一个可笑的弧度，她浑然不觉，"不过进入南天门后，我就知道我错了，凡人里我虽然算长得不错，但和天上的仙子没法比。对不住，误会了你。"她笑起来，像是觉得自己很离谱，眼睛微弯，轻轻摇了摇头。

四品侍郎家的小姐，若生得太过美貌，其实并非好事，天道给予她这副比本相黯淡了数十倍的面容，其实是对她的一种保护。虽然丧失了那般堪称殊胜的美貌，但她仍是她，笑起来时，眼角眉梢仍漾着他熟悉的天真和灵动。他静静看着她，没有说话。

她未在意，借着酒意缓缓继续："粟及仙者说我挺适合当神仙的。我原本还在想，怎么会呢，我凡心这样重。可如今看来，倒是他比我更懂我。我可能也不是凡心重，只是很牵念凡世的这些人，怕他们在失去我后过得不好。而如今，我已明白，他们已不再需要我了，我也不再属于这里，所以我想，我可以安心回九重天上了。"

"他们不再需要你了，你也不再属于这里，这会让你难过吗？"青年终于开口。

夜是冷的，酒壶却是暖的，将她瓷白的脸温出一点樱粉色。"正是因为不难过，"她叹息似的道，"我才觉得，可能我的确如粟及仙者所言，很适合当神仙吧。"她顿了一下，若有所思，"等等，这是不是就是粟及仙者常说的'开悟'？"

青年没有回答她。半空忽然响起鸽哨般的啸鸣，下一刻，七彩的烟花在他们眼前炸开。成玉的注意力被烟花攫去。百枝莲、夜会草、万寿灯、吊钟、香雪兰……在她面前盛开的每一朵烟花，她都能叫出它的名字。但青年的视线却不在烟花上，而是落在了放烟花的人家的庭院中。

他们坐得足够高，因此能瞧见那是一户正办着迎亲喜宴的人家。青年忽然问她："如果那晚我没有喂你仙丹，你是不是就会嫁给那个韦照？"

这时候问这个问题，倒是很应景，她没有想太多，只以为他是随便找了个话题和她闲聊，于是也闲聊似的回他："是吧，我们一块儿出生，一块儿长大，再熟悉没有了，嫁给他，也算一桩好婚事。"她的回答夹杂在烟花的爆裂声中，她不确定他是否听清了。

他应该听清了，因为他很快问了她第二个问题："你喜欢他吗？"

喜欢？成玉愣了一下。同韦照，自然谈不上什么男女之爱。不过连宋当然不会问她对韦照是否有男女之爱。那单论人与人之间的关系……她还算是挺喜欢韦照的，于是她耸了耸肩："还算可以吧。"

"你喜欢他什么？"这个问题依然问得很快。

"其实我娘觉得阿照他有点吊儿郎当不着四六，不够稳重。"她想了会儿，慢吞吞地回，"但我觉得还行吧，太稳重了，也和我玩不到一块儿去。他整天乐呵呵的，万事不过心，和他一起玩，一点儿压力都没有。"她边说边想，最后总结，"总之，阿照他是个易于接近，又温和的人，很容易令人心生好感。"

烟花散尽，只在空中遗下缕缕灰烟。热闹之后的宁静会让人觉得格外孤寂。

这一次，青年没再很快开口，直到半空的灰烟落下，硝石的味道被风带走，才低声道："你现在喜欢那样的，是吗？"

这话有点怪怪的，她不知该如何回答，最后干巴巴地笑了笑："好相处的人大家都喜欢吧。"

"这样吗？"青年收回远眺的视线，微微垂眸，像是思考，片刻后，他道，"我明白了。"说着站了起来，又递手给她，"太晚了，下去吧。"

他到底想通了什么，她完全没有概念，只觉得这场对话稀里糊涂。见他伸手想要拉她，她后仰了一下，避开他的手："我自己可以。"说着单手撑住屋脊，手脚一并用力，径自站了起来。

青年垂眸，目光掠过自己的手："阿玉，你觉得我是那种不易接近，不好相处的人，是吗？"

成玉呛了一下。她有些心虚。避开青年的手，不是因她不想同他变亲近，而是因她对他有不轨之心。她怕离他太近了，她难以隐瞒住。那些不能宣之于口的小心思，在她心中由来已久，只是她最近才察觉到。九天律例她背得很熟，自知任其发展挺危险的，既然决定了要待在九重天，她就不能给自己和青年找麻烦，所以她才会躲。

可她也不想让连宋误会，因此她很快解释道："不是你的问题，呃，怪我，我比较慢热。"然这解释好像并没有使青年的心情好一点。但她也实在不知道还能再说什么了。

仿佛看出了她的为难，青年主动道："算了，那也没什么。"

她闷闷嗯了一声，只觉今晚这个结尾糟透了，她完全不想再在这屋顶上继续待下去。

她急切地踩着瓦片往下走。

"她们没有你美。"她突然听到青年在她身后这样说。

"什么？"她疑心自己听错了，不禁回头。

青年看着她，神色很平淡，仿佛说出的话并没有什么大不了："方才，你说九重天那些仙子比你美，忘了告诉你，我不觉得。"

成玉愣在了那里。那一瞬间，她的脑海里忽然涌上了许多画面，一帧帧一幅幅，全是这十多日来青年对她的额外照顾。那些雁过无痕的温柔，和此时这样仿若不经意的赞许，于她而言，皆是她需花费很多力气去抵抗的撩拨。

她也听过他不少传言，知他是个花花公子，所以在心脏狂跳之际，她也在思忖：也许他只是轻浮地随口一说，而我却为此如此失态，是不是太没有见识了？这么想着时，她感到有些遗憾和难过。

原来这就是花花公子吗？ 韦照其实也是个花花公子，但韦照就没有这样的功力。她想。韦照偶尔也撩拨她，那时候她总想打他。但青年不一样。虽然她也说不清他们到底哪里不一样。

她抚住滚烫的脸，转过身匆匆回了句："啊，是吗。"来不及听青年的回答，便逃也似的下了楼。

拾

一眨眼，成玉来九重天已有二十六年。

那年，顺利通过仙界通识考试后，成玉跟着大伙儿一起去三十六天大罗天拜了东华帝君。同去的七十多位仙友在拜完东君后皆得了阶品，轮到为她定阶冠品时，帝君却说要和天君再商量商量，让她先回去等着。

成玉自知自己不是走正道飞升的仙，对此也没什么怨言，回去的路上还想着：是不是帝君觉得我没什么真本事，不好给我定阶位啊？ 要是这样，那也没什么。倘帝君和天君实在为难，我也可以转换赛道，先从仙侍干起。

她还挺想得开的，但她着实冤枉了帝君和天君。两位上君并没有看不起她的意思，他们只是在思考要怎么钻空子才能把她的身份弄得既清闲高贵又合乎情理，而这确实需要花点时间。

四天后，天君的封赐下来了。天君给她封了个元君号，令她掌瑶池，并将一十二天的映蔚宫赐了她做府邸。

　　成玉对仙术道法虽然一窍不通，但她记性好，读书快，这些天闲来无聊，已将九重天的官制和规矩琢磨了个明白。

　　成玉握着天君降下来的旨意同天步面面相觑："若我没记错，连帝君都颇为敬重的、为九重天培养了许多栋梁之材的斗姆元君她老人家，也是被封的元君吧？"她张了张口，蒙圈地指着自己，问天步，"试问我何德何能……再说了，"她更蒙圈地问，"这一十二天，目前也就只住了大皇子殿下、三皇子殿下和太子殿下……都是些龙子龙孙，将我放在这一天，是不是也不太合适啊？"

　　天步还没来得及编，不知何时出现在她们身旁的三殿下已淡淡插话进来："不住在十二天，难不成你还想住到十三天去？新神纪封神时，十三天的地盘就划好了，东边属于东华帝君，西边属于墨渊上神，别说你想住那儿，就是我想住那儿也找不到位置。"

　　成玉连连否认："我不是，我没有，我不想！我只是觉得……"

　　三殿下点了点扇子，没让她表达完自己的意见："不是、没有、不想就好，除此外你还有什么介意的？"又自问自答，"哦，元君。"三殿下轻飘飘回她，"自然，别的元君有的你也都有，不过人家担的活儿都挺多，手下也多，你就担个瑶池，也没两个手下，你这等于是个虚号了，没什么受不起的。再则，瑶池也不难管，现在是我管着，你要是想管，我可以教你，你不想管，我可以一直代你管，你还有什么问题？"

　　成玉沉默了，沉默良久后，她总结道："所以殿下你的意思是，我这个元君，它虽然是个虚号，但什么都有，还不需要干活，是吗？"她不太能理解，"这究竟是什么仙乡福地？还能有这种好事？"难以理解之余她又有点受宠若惊，"这泼天的富贵我怎么接得住……"

　　粟及虽然自己也不上进，但这完全不妨碍他看不得别人不上进。跟在三殿下后面的粟及立刻上前两步劝慰成玉："确实，白领俸禄不干活，这泼天的富贵没人能受得住，所以管瑶池这事还得你自己上。暂时不会那又有什么关系，跟着三殿下边学边上嘛。"

　　成玉在天上的生活基调便在这个慵懒的午后被如此草率地定下了。

　　在九重天的这二十六年里，成玉其实是想和三殿下保持距离的。

但这着实难办。一来，他们是邻居，时不时串个门什么的简直不要太正常。二来，她得跟着三殿下学习如何统管瑶池。管瑶池不算难，她很聪明，不过几年便学得有模有样了。可她的问题在于，她并非清修飞升，因此完全不会仙术，而学习仙术是很花时间的一件事，在天上的这二十多年，也不过够她打个好基础罢了。仙术不精，许多职责便无法胜任，故而统领瑶池这事，理论上她已熟得很了，实操上却还欠缺良多，得让三殿下时时帮衬。这就导致这二十六年来，两人几乎天天见面，不说朝夕相对，也差之不远矣。

如果三殿下还是从前那样时而冷淡时而温和，面上春风化雨、内里一块坚冰的性子，成玉有把握她能从各个角度找出一堆碴儿来，疏远两人的关系。但不知从何时起，三殿下变了。

就像是一棵树，严格规定了自己每日应吸收的水分和阳光，而后一日一日，静默地朝着它想要的形状和方向生长。周围的人是察觉不出这种刻意的。但也许某一日蓦然回首，就会发现，它已长成了与最初完全不同的模样。若那些人还记得它最初模样的话。

成玉便是一个记得连宋最初模样的人。她记得他温煦之下的桀骜，挑剔背后的周致。她记得他的笑似秋叶纷飞，华美萧瑟，背后藏着很深的寂寞。她记得他以疏冷做掩饰的每一个幽闭的哀伤。她记得他那些雁过无痕的温柔里的每一次停顿，和他在那些停顿中的欲言又止。别人口中的他傲慢、自我、脾气坏、难以捉摸，她没有领教过。但她在心里拼了无数次。将别人口中的他和她熟知的他拼在一起，得出一个更加立体的、真实的、迷人的连宋，是她在二十六年前那些万籁俱寂的静夜里常干的事。

什么时候，心上的青年收起了桀骜、挑剔、寂寞、哀伤与欲言又止，变成了一个不再锋利的、愿意对所有人展开笑颜的、用最寻常的方式游戏人间的、吊儿郎当的、随和不认真的、好相处的、让人难以生出警戒之心的连宋？她不知道，好像回过神来时，他就已经是这样了。而随着他的变化，他们之间的距离被拉得很近。因为当这样的他靠近她时，就好似一片跌入深秋的落叶落在她身上，那是顺应时节遵从天意的，是自然的，自然到她根本想不起要去拒绝。

这种毫无攻击性的接近人的方式，很像是韦照。正是因韦照是这样的个性，她当年才会和他玩得那么好。

她突然一个激灵。

她终于明白青年变得像是谁了。韦照。

可，怎么会？

忽地，她想起了第一次随青年下界，在回九重天的前一夜，他们于客栈屋顶上的那场对谈。那夜，青年曾问她喜欢韦照什么，又说，你现在喜欢那样的吗？当她回答他，说好相处的人大家都喜欢时，他沉默了片刻，说他明白了。彼时，她觉得他的话和他的神情都很难懂。如今想来，可能只是因她从没想过他亦会对她有意。而此时，有些答案已呼之欲出。他会变得像韦照，或许是因为……

"是因为我。"她笃信地在心底对自己说。可下一瞬，她又立刻怀疑："真的是因为我吗？"

笃信与怀疑，原本是矛盾的两极，却在她这里成了同伴。他们长出利齿，啃咬她、撕扯她、折磨她、摧残她的心神、吞噬她的理智，使她变得六神无主、魂不守舍。

天步心细，很快发现了她的异常。在两人一起为瑶池的花卉换盆时问她："元君这几天怎么失魂落魄的，是遇到什么难事了吗？"

她已被逼到了极限。急需一个出口，因此并没有沉默太久，她就告诉了天步她的秘密："我、我很离谱。"她仰头看天，"我可能思凡了。"

天步感到莫名其妙："可那处凡世已过去将近万年，早没有您的亲人了啊。"

成玉愣了愣："哦，也是。"她沉默了片刻，纠正了下自己的言辞，"我可能思春了。"

天步："……？？？？？"

【拾壹】

北荒之北的极北之地，有一片盛满了积雪与海冰、被称为八荒尽头冷酷仙境的白色大海。大海的前身是曾诞育了悉洛与瑟珈的混沌海洋。混沌海洋消失后，此地经历了数万年养息，重又诞生了一片海。父神将这片新诞生的海命名为晖耀海，取朝晖耀耀之意。

晖耀海底有座以砗磲和白珊瑚建成的宫殿，此宫殿乃自然造化而生，有许多神工奇巧之处。因整个晖耀海最好的灵气都汇在此宫，故海底的水族称其为含灵宫，后来，水神在这座宫殿里降生，更坐实了此宫"含灵"之说。

　　成玉来晖耀海已有半个月了。

　　九重天上的盛事——六十年一度的千花盛典将于两月后在第六天的普明秀岩苑举行。这次盛典的最大看点，便是连宋养在晖耀海中的七十七种妙花。此番成玉随连宋前来晖耀海，便是为了助这七十七种妙花盛开，而后将它们移栽到普明秀岩苑去。

　　这十五日，成玉日日忙于园艺，也没空想有的没的，直到这夜天步不请自来，推开了她寝殿的大门。

　　"殿下又喝得大醉了。"天步站在她床前叹气。

　　成玉一边穿衣一边茫然地看向天步："啊？殿下他居然酗酒的吗？"

　　天步摇头："那倒不是，殿下平日不怎么饮酒，只是每年这一日……"她含糊道，"有些过不去。"

　　成玉没太听懂，待要再问，可天步已转了话题，她也就把疑问咽了下去。

　　"往年也是没办法，只能由着殿下胡饮伤身，但今年，不是有元君您在吗。"天步微微倾身，真诚地看向成玉，"元君既喜欢殿下，应该也愿意去规劝一下殿下的是吧？殿下不会听我们的，但一定会听您的，再且，"天步微微含笑，"趁此机会，元君还可同殿下聊聊您的心事。"

　　成玉穿衣的手顿住了，那日在瑶池旁同天步坦白一切的画面忽然便回到了她的脑海中。

　　"我没救了。"落日西斜，她和天步并肩坐在瑶池旁，"你都想不到我有多离谱。"她生无可恋地对天步说，"我居然把主意打到了你们殿下身上，还脑补他可能也对我有意，是为了我才改变了性情。"她抹了把脸，问天步，"我是不是很疯？"

　　当时听完她这话，天步好像有些蒙，半晌，神神道道喃了句："苍天在上，我可没干扰她，这可是她自个儿走上这条路的啊！"

　　她没太听清天步的自语，偏过头来问天步你在说什么。

　　"我是说，"天步定定看着她，"您总算是瞧出来了啊，我们殿下可不就是为了博得您的亲近与欢心才改变性情的吗！"

她大为吃惊。

见她不信，天步也不恼，还积极地给她出主意："不如这样，元君您找个时间同殿下面对面聊聊，我说的您不信，殿下说的，您总该信了吧？"

她很迷茫，问天步："不是，知道我对你们殿下动了心，你不该拦着我吗？你怎么还鼓励我呢？凡人成仙，不是需断七情绝六欲吗？六根不净、动心生情，会被打下凡间的吧？"

"啊。"天步仿佛才想起来她是个凡人成的仙，卡了一下，"呃。"她似想说什么，半途又顿住，最后她咳了一声，神秘地对成玉笑了笑，"这不是问题，只要您喜欢殿下，殿下就一定会有办法。"

成玉记得，那日天步说话的语气很笃定，好似自她口中所出的桩桩件件俱是真实。

可她着实难以相信。因此她打算采纳天步的建议，找个机会向连宋当面求证。但勇气和时机难以同时出现，就像日月难以并行，所以这事一直拖到了如今。

或许天步说得对，今夜的确是个千载难逢的良机。成玉想。连宋喝醉了，是让她担心，但另一方面，也让她感到安心。她不想承认自己很胆怯，可事实如此，一个喝醉的、不清醒的连宋，才能让她有勇气问出那些话。

思索间，她穿好了衣。

"好，我去。"她听见自己对天步说。

冷泉殿是连宋在含灵宫的寝殿。推开冷泉殿的殿门，绕过门前的白珊瑚座屏，成玉一眼便看到了醉倒在水精罗汉床上的连宋。

海中无日夜，贝母的柔光似一层纱，朦胧地遮盖住殿中物什。白衣青年斜躺在罗汉床上，一只手勾着酒壶，一只手挡在眼前，不好说睡着了没有。

月光石脚踏旁散落着七八只酒壶，蓝碧玺案几上横放着一把摊开的折扇——并非镇厄扇，只是把普通扇子。

成玉记得初识连宋时，他手中常握的是那把她从未看他打开过的镇厄扇。但不知何时，他用这些毫无特点的纸扇替换了镇厄扇。她曾问过他，为何不见他拿镇厄扇了，他却答非所问说如今他用的扇子们亦是珍品。可被他称为珍品的这些纸扇却被他使得极其随意——那年她在花园里烤红薯,他还用手里的乌木泥金扇为她添过火。

成玉向前走了几步。她故意弄出了一些声响,然青年一丝反应也无。她怀疑他是睡着了。

呃,睡着了啊,那我该怎么办呢?回去吗?要不把地上的酒壶收拾了,给他盖床被子再走?她茫然地想。

青年并没有睡着,她刚走到床边,他便移开了手。"你来了。"他望着她,吐字很清楚。

但她立刻辨出他已经醉了,因为他望着她的目光有一种失焦的朦胧。"我是在做梦吗?"他又说。

成玉的心急跳起来。她想要开口答他,努力动了动唇,却没能发出声音。

没等来她的回答,青年沉默了一瞬,然后很空洞地笑了一下,那笑容令成玉的胸口发紧。"果然是梦啊。"他低叹。过了一会儿,他再次开口:"我知道我搞砸了很多事,但我也受到了惩罚。"他重新抬手,挡住了眼,"为什么还不愿回来呢?是因为你觉得我还不够有耐心,等得还不够久吗,阿玉?"

成玉僵硬地站在床前,脑子里一片空白。他的意思是……他在等她?等她什么?她不是一直在他身边吗?难道……他是在等她发现他默藏的爱?这神来一笔的想法虽离奇,却炽烈,似一团肆意燃烧的火,烧得成玉满脸通红。必须得问问了。她心一横,上前一步,踩在了脚凳上。"殿下,你喜欢我,是吗?"她居高临下看着青年,立于高位使她不再那么紧张。

青年顿住,挪开了手臂,目光落在她脸上,似在看她,又仿佛没有看她。"这个梦有点真。"他道。

成玉咬了咬唇。已经到这个地步了,我可不能打退堂鼓,她暗暗鼓励自己。"殿下,"她干脆抬膝跪上罗汉床,一只手撑在连宋脑袋旁,一只手平放在他胸口,"回答我,是不是喜欢我?"她紧张极了,但表情却很稳得住。她专注地看着青年。

青年握住了她放在他胸口的手,纤长手指插入她指缝,带领她的手来到他颊旁,微微偏头,用侧脸贴住了她的掌心。"怎么还要问?"他浅淡地笑了一下,目光仍是不聚焦的,这使得他的神情看上去有几分缥缈,"无论时光重来多少次，我喜欢的都只会是你。"说着侧过脸去，安抚般地吻了吻她的掌心。

成玉心神巨震，一时不知该作何反应。她感到掌心很痒又很热，像是有羽毛轻挠过那处，又像是有明火在那处燃起。她本能地缩手，却遭遇了阻碍。青年牢牢握住了她的手腕。不过很快，他便卸了力，松开了她。成玉得以抽回自己的手。

那温柔浅笑从青年脸上消失了，他沉默地看着她，片刻后，艰难地低语："不信，是吗？觉得我在说谎？"他的神色变得苦涩而哀伤，"不信也是应该的，谁让我那时候忘记了你，所以失去你是我应得的。"他喃喃，抬手挡住脸，"你对我失望、怨我、恨我、不能再原谅我，都是我应得的。拒绝我，也是我应得的。"语声充满了自厌与自弃，很慢，很轻，字字含痛。

连宋的话成玉并不是都能听懂，她唯一能确定的是，他说了他喜欢她。在听到他说出那话的瞬间，她的心跳仿佛暂停。连宋之后又说了什么，她没太听清。待神魂重回现实，耳朵里终于涌进新的声音，她只听到青年最后那句"拒绝我，也是我应得的"。

成玉呆了一下，回想自己方才做了什么，突然反应过来，应是她倏然抽手的动作使青年误解了她。

"我那样，并不是拒绝你。"她舔了舔嘴唇，"只是你突然亲……"她不好意思说出那个字，"你突然那样，我有点被吓了一跳。"见青年不语，她忍住羞赧，抿了抿唇，"你……是不是以为我不愿亲近你，你想左了，我没那个意思……"

这些好听话起了作用，青年重新看向了她："是吗？"

"嗯。"成玉点头，点头时才发现，自己一直保持着单手撑在青年耳旁，俯身看着他的姿势，这导致他们之间不过隔了一臂距离。如此近距离地对视，望着青年那双还残留着伤痛的眼睛，成玉似乎也能共感他的苦闷，心中充满了怜惜。

她自己也没意识到自己抬起了左手。当手指抚触上青年的眼尾时，青年的手也随之覆上了她的手背。她的心又开始急跳，咚咚咚咚，擂鼓一般，震痛了她的耳膜。

他是不是也听到了她的心跳得那么快。她想。她感到丢脸，微微抬起了上半身。可青年却误会她要离开，手蓦地用力，她没能保持住平衡，栽倒在他身上。他趁势揽住了她的腰。"不要走，阿玉。"他在她耳边低求。

她止住了轻挣的动作，任他将她禁锢在怀中。

青年有几分清醒，她不知。或许他一直醉着，半分清醒也无，才会对她如此，她想。她从未见过如此苦闷、脆弱的连宋。这样的连宋让她感到心疼。"我不会走。"最后她说，缓缓伸出手，反抱住了青年。

这一夜，他们相拥而眠。

成玉醒来时，感到身上的束缚消失了，她懵懂地睁开眼，发现连宋屈膝坐在她身旁，正垂眸看着她。

贝母的光变得亮了些。景窗外是一片海藻园。海藻们也醒了，正与路过的水流共舞，炫耀它们多姿的影。

成玉小声打了个呵欠。

连宋出声打破静谧："昨夜我们……"

昨夜的记忆涌进成玉脑海，似阳光照进秋日森林，带来芬芳、甜蜜与喜悦。经历了昨夜，今晨他们水到渠成应当在一起，成玉满怀信心地想。她侧躺在瓷枕上，将云被往上提了提，没有起身，就那么看着连宋，微微翘起嘴角："昨夜，殿下说喜欢我，我也……"

可话还未说完，就被青年打断了。"忘了吧。"连宋道。

成玉愣了好一会儿才有所反应。"什么？"她将被子推到一旁，慢慢坐了起来。

"我说，昨晚的事，忘了吧。无论我说了什么，做了什么，都不作数，我只是醉了。"青年一字一句道。

阳光消失了。成玉的脸色肉眼可见地变白："因为我是凡人成仙，按照天律，我们没办法在一起，所以你才……"

"不是。"青年快速地否定她，抬手撑住额头，仿佛很疲惫，"不是。"他语声不稳地低喃，"是因为……我不能趁虚而入，你不懂，此刻你的意愿并非你真正的意愿，那时候你是怀着恨与怨……"说到这里，他突然收了声，似是才发现自己竟将这些话说出了口，他的脸色变得很难看。"看来我还未醒酒，仍在说胡话。"他僵硬道，顿了一瞬，又道，"就当你说的是真的，因为你是凡人成仙，我才这样。阿玉，"一边说着冷酷的话，一边却又痛苦地唤她的名字，"我们之间不可能。"

成玉不死心地拽住连宋的袖子，眼眶绯红地看着他："可天步说你会有办法的。"

　　连宋抬手，握住了她的手腕，这次，却不是为了抓住她，而是为了使她的手离开他的衣袖。"天步骗你的，我没有办法。"

　　"不试试怎么知道……"她急切道，伸手想再去握他的袖子，却被他侧身躲过了，"阿玉，别说不智的话。"

　　青年白色的衣袖滑过她的指尖，留下一缕凉意。成玉看着自己落空的手，低下了头。许久后，她轻声道："这样啊。"又过了一会儿，她抬起头来问青年，"殿下，其实你也没那么喜欢我吧？"

　　青年没有回答。

　　而这便是他的回答。

　　她想，她不能再说什么了，那是不体面的。"昨晚，我会忘记的，那我走了。"

　　离开冷泉殿后，成玉哭了。

　　但她没有哭出声音，也没有哭太久。

【拾贰】

　　有很长一段时间，成玉都想不通连宋对自己的态度——若说他没那么喜欢自己，那他为何要在自己身上花那么多心思？这些年他待她有多好，旁人只见个影儿，她却是最清楚的。她也很确信，他待别人并不会如此用心。可若说他对她一片真心，因身份之别才不得不掩藏爱意，将她拒之千里……这也说不通，凡世那些才子佳人的话本子可不是这么写的。在那些话本子里，真爱连生死都能战胜，又何况身份。

　　困扰成玉多时的疑问在她和上九重天来学习花卉养护技术的妖族公主莹若茄成为朋友后得到了解答。她也不知莹若茄是怎么发现她对连宋心思不纯的。有一天，她俩拿着小铁锹在普明秀岩苑里种孤挺花，正好碰见连宋在前面的小亭里与人谈事，她没忍住多瞟了那小亭几眼，就听莹若茄叹了口气："我说阿玉，你就别喜欢三殿下了吧。"

她当场就蒙了，不过她反应快，立刻回应莹若茄："啊？我没有啊。"

莹若茄一边扶着孤挺花的球根往花盆里填土，一边嘟哝："你最好是没有了。"过了会儿，对她说，"你应该听说过吧，差不多两万年前，我和三殿卜嘗有过一段婚约来着，差一点就成婚了。"

成玉点头。

莹若茄又问她："你是不是还听说，因我俩生辰不合，最后那婚事才没成的？"

成玉再次点头。

莹若茄停下手中活计，叹了口气："什么生辰不合啊，不过托词罢了。是三殿下他有个一心钟情的人。因为那人，他才同我退婚的。"说着瞄了成玉一眼，"这些年他对你很好这事，我也听说了。不过你可别被他给骗了。"她微微皱眉，"他对那个人痴情得不行，多半是觉着你同那个人哪里像，才对你格外好的。我堂姐也这么说。你知道我堂姐莹千夏吧，我虽然不太喜欢她，但也不得不承认，她吧，是有点聪明的。"

"这样啊。"成玉轻声回道。她的神情正常得不得了，但脑子已经一片空白了。

莹若茄见她听了这些话后仍目明神清，确实不像喜欢连宋的样子，放下了心。她垂头继续为手里的花根填土，边忙活边感叹："那个人死了，不会再回来了，所以他应该是把对那人的哀思寄托在了你身上。哎，他真的挺痴情的。不过这对你可不是什么好事。"她切切嘱咐成玉，"你可要把持住本心。凡人修仙本就不易，他又不是真心喜欢你，若因与他纠缠不清而被削除仙籍罚出天庭，那你多冤枉啊。"

"是啊，那多冤枉。"成玉勉强笑了笑。之后又和莹若茄说了什么，她完全记不清，只记得脑中一片嗡鸣，如有千只黄蜂盘旋，黄蜂尾上的毒针偶尔还扎得她脑仁疼。

直到回到映蔚宫，脑中的嗡鸣才散去。

重得清静后，成玉想，原来如此。原来他对我好，是因他将我当作了他心上人的投影。他并不需要我回应他。反而回应了他，才会提醒他我其实不是他的心上人。所以当我靠近他，他才要拒绝。

那夜连宋对她说的那些话，事后她都刻意去遗忘了。但她的记性就是该死的好，此刻稍一回忆，本已忘记的话语竟又在她脑子里重生。她终于明白了，那些她听不懂的醉言，并非是连宋喝醉了胡说。那些让她动容、欢悦，甚至心跳暂停的好听话，原来也不是对她说的。

这就是为什么之后他可以将那夜的一切都当作没发生过的原因，即使她疏远他、冷待他，他也毫不在意，待她一如从前。因为对他来说，她的态度是什么样的，其实并不重要。他只需要她站在那里，做好一个可供他寄托哀思的影子就足够了。

恨吗？想透这道理的一瞬间，成玉是恨的。但很快，她发现这恨其实没什么道理。连宋待她不薄。她能如此快地适应天上的生活，全得益于连宋的悉心看顾。不管他的动机如何，客观上，她的确受了他许多恩。只是她想左了，兀自误会了他的意思。站在这个角度想，连宋又有什么错呢？细算起来，反而是她欠他更多一些。

那一夜，成玉喝了很多酒，在深沉的醉意中死了心，也做好了决定，她会好好地待在合适的距离，当好他心上人的影子，也算是报答上天以来他对她的恩情。

此后几百年，九重天上关于连成二人的传闻大体是这样的：三殿下对成玉元君一心执着，一往情深。奈何元君道心弥坚，不为所动。三殿下对此苦恼万分。

照旧例，凡仙若是被牵扯进风月事，在天上是讨不了什么好的。幸而成玉持正之名远扬，大家都默认是连宋单方面爱慕她，所以当两人之间的传闻闹开，被天君叫去斥责的只有连宋一人。

看热闹的大仙小仙们皆以为成玉是道心恒定，才能在连宋这等情圣面前把持住自己。只有成玉知道，连宋进一步，她便退十步，并非是因她持正，而是因那是连宋想要的。

他想要她如此。

她不得不如此。

他们之间的关系像是拉锯，又像是走钢丝。

很快，七百三十年过去。

七百三十年后，成玉顺利接管了瑶池。她当神仙当得越来越不错。贵为元君，却自谦自己徒有虚名，总是自称小仙，待人和气又亲厚，九重天上就没有人不喜欢她。

她也结识了好些朋友，随朋友们亲历了许多大事，譬如擎苍破钟、墨渊苏醒、东华帝君镇伏妖尊缈落之类的。

她目睹了太子夜华和白浅上神有情人终成眷属，也见证了青丘的小帝姬和东华帝君修成正果。

然而，连太晨宫都有了女主人，她和连宋之间却还是老样子。只是在经历了七百多年的你进我退之后，她终于感到了倦怠，开始退得有一搭没一搭的，不再像从前那样认真了，故而在外人看来，他俩好像变得亲近了些。

她不知连宋为何能一直追逐她，好似不会疲惫，说到底她不过是个影子。

他总是对她做一些暖心的事。譬如在战事里伤了手，恢复后难以再行凿铸之事，得知她爱上收集短刀，便亲自设计、绘出短刀图纸，又千方百计寻来珍贵的雩玤玉，费尽心思请托帝君为她打造。

对他这些行为，她嘴上虽说着嫌弃，却不是不感动的。也因此，她越来越难以把握住同连宋的距离。你追我退这事逐渐让她感到负担。偶尔，她会觉得这一切是如此的空洞无意义。并且，在这段关系里，她越来越感到一种不可名状的缺失。这种缺失感并非来自连宋只将她当作爱人影子的沮丧——她早已不会如此。那是一种她无法描述、亦无法理解的缺失。缺失感积累到一定程度后，幻化成一头兽，开始一点一点吞噬她。

她开始做一些莫名其妙的梦。

起初，那些梦很朦胧，也很凌乱。她总是在醒来后感到浑噩和疲倦，并且记不得自己到底梦见了什么。

大概是三个月后，梦里的情景变得真切起来，但仍是凌乱的，且无声。不过好在醒来后，她记得住它们了。

那些陌生的、她不能理解的情景就像是散落在鸿篇巨制里的没有前因后果的小回目。她知道这些回目之间必然存在联系，却不知是何种联系。她缺了一条将它们串联起来的线。

直到七个月后，她做了最后一个梦。

那夜，总是无声的梦境终于有了声音。是个女子的声音，轻而低，缥缈不真,却又那么熟悉,像是穿越了时光,响在她的梦境里:"阿玉,来找我,你我该回归的日子,快到了。"

"少……"那个名字呼之欲出。她猛地惊醒。

许久后,成玉睁开眼来,慢慢坐起了身。

【拾叁】

昆仑虚出事的消息传上九重天时,连宋正同墨渊上神于千重琴苑切磋琴艺。天步陪着墨渊上神的徒弟令羽上神随侍在一旁。

七年前,东华帝君建来盛装三毒浊息的妙义慧明境崩塌,浊息所化的大妖缈落欲破境而出颠覆天地,最终为帝君所诛。然缈落虽被诛杀,她遗下的浊息却未能被净化。一般的器物根本困不住这些由凡人的贪爱、嗔怪、愚痴凝成的毒息。而若容这些浊息自由,天地将万劫不复。最后是墨渊上神让出了半个昆仑虚,将天生殊异的昆仑圣境改成了个大罐子,困住了那些三毒浊息。昆仑虚如今既承着三毒浊息,那它出事,便绝不可能是小事。

传信青鸟的话天步听了一耳朵。说是个貌美女仙在破晓时分悄无声息地溜进了昆仑虚。守山的应陶上神和子阑上神都没察觉。启明星升起时,盛放三毒浊息的昆仑后虚蓦地燃起了大火,他们调取存影镜才发现这事。那女仙以若木封了石门,应陶上神和子阑上神没法进去,只能在起火的晨影殿外关注事态。好在三毒浊息并未逸出。不过应陶上神说那火很奇怪,竟是血一般的赤色,像是传说中的凤凰重生之火。

墨渊上神在听到"若木"二字时,便腾地站起了身,青鸟说出"凤凰"二字时,墨渊上神已驾云而去,不见了踪影。

天步望着连宋:"这……"

连宋慢吞吞地将玉台凹槽里的玉珠拨回原位:"不是说三毒浊息未逸出?那就不是大事。"笑了笑,"不过若木,凤凰……"他顿了一下,"怪有趣的。这事帝君应该也挺关心,先去太晨宫一趟,之后……"他微微一笑,"咱们也去瞧瞧热闹。"

刚走出琴亭,两人便碰到飞奔而来的司命星君。司命星君上气不接下气,急向连宋:"太子殿下让小仙带个话给殿下,说昆仑虚出事了,半夜有女仙闯了安置三毒浊息的禁地！今晨白浅上神正好回昆仑虚同子阑上神交班，看到了存影镜，辨出了闯禁地的人竟是成玉！"

天步愣住，回神后立刻看向她家殿下。

可身旁哪还有她家殿下的影子。

拾肆

连宋跟随墨渊赶来昆仑虚时，只见半个昆仑虚都陷落进了火海里。

但诡异的是，那血红的火焰却并未烧毁任何东西，后虚的殿宇楼阁皆安然无恙地挺立在火海中。

装浊息的晨影殿乃昆仑后虚第一大殿。殿宇前有一列百级石阶。几位守山弟子并十来个小童子正站在石阶下遥望着燃烧的大殿。

天边晨曦微露。当太阳扯破云层，将是日的第一缕阳光投进昆仑虚时，晨影殿中忽然传出了一声清亮凤鸣。紧接着，一只美丽的白凤倏然冲出火海，在如血的烈火中展开了巨大的、洁白的双翼。白凤引颈，蓦然振翅，巨翼扇动之下，血火愈烈。凤鸣声再起，白凤头也不回地向南飞去。

烈火映红了整个昆仑后虚。冲天火光中，墨渊遽然化龙，紧追着白凤而去。

连宋已猜出了白凤是谁，但他无心惊骇，也无心关注她和墨渊，他只关心，成玉此刻在何处？

连宋是跌下云头的。

那百级石阶上其实被设下了不可入的禁制和结界，所以应陶、白浅等人才站在台阶外。但那禁制和结界却并未阻拦连宋。他几乎没有感觉到它们的存在，急步冲上了石阶。

应陶上神见他进去得容易，亦想跟随，可脚才刚踏上第一级台阶，便被一股巨力推了出去。躺在地上的应陶上神不可置信地望向已爬到石阶顶部的连宋，半响，收回目光，同面色凝重的白浅上神面面相觑。"怎么回事？"他问。

白浅上神没有回答，转身看向一旁的子阑上神，提议道："十六师兄，要不你也去试试？"

子阑没好气："你怎么不去试试？"

连宋丝毫不知身后发生了什么。从在千重琴苑听到司命说闯昆仑虚的人是成玉开始，他的脑子便不太转了。

此时，靠近这片燠天炽地的火海，他听到火光中传来许多微弱可怜的哭泣声。若他还保有理智，不需要很多，只三分，他便能从这些哭诉中分辨出它们来自凡人，再联系凤凰涅槃及重生的真火可烧毁一切这个他熟知的知识点，他本当很快就推出此刻被焚烧的是储在此地的三毒浊息的。可他失了理智，听到那些哭泣声，他唯一想到的，是那些低泣里会否有一声是属于成玉？

周身的血液都被冻住，他一刻也不能等，当即便要冲入火海。

便在这时，燃烧的殿门后忽然传出了一声低叹："小三郎。"

连宋蓦然顿住脚步。

随着那声低叹落下，笼罩住晨影殿的血火竟慢慢矮了下去，小了下去，最后，只浅浅贴住地面两寸。

殿门被推开了。吱呀一声。

女子站在大殿门口。乌发，金裙。脸似高山之雪，右眉眉骨处以金珠做饰。

仍是那般清婉无双的容姿。

是他的祖媞。

天地都静了。

漫长的对望里，女子率先开口："你不是一直在等我吗，为什么不过来？"很轻地问他，"是同我生疏了吗？ 小三郎。"

连宋摇了摇头，凝望着她，眼眶突然便红了："你还恨我吗，阿玉？"

她愣住："说什么恨……"话到一半，她突然就明白了，他以为那时她是怀着对他的恨与怨消失的，所以当她作为成玉同他诉情时，他才会说什么"你不懂，此刻你的意愿并非你真正的意愿……"。

原来这两万年来，他一直都活在悔痛里。

但这其实不是她想留给他的。

这一路，他们都走得太不易了。

他是可怜的。她也是。

他们两人,都曾被孤独地遗留在没有对方的时光里。她在昨日,而他在今朝。足足六万年,才让他们等来昨日变成今朝。他们终于能再次相聚。

本该是喜悦的时刻,她却也含了泪。

她急走两步,来到青年面前,蓦地揽抱住他,踮起脚来抵住了他的额头:"小三郎。"她微微哽咽,"你傻不傻啊。"

今朝昨日

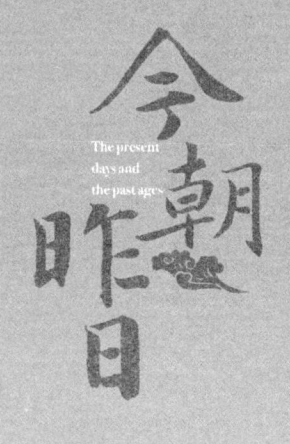

The present days and the past ages